JN020238

羊飼いの少年と超魔騎士の少女の出会い
「ミヤ君、私たちと一緒に来て。超魔覇天騎士団の仲間たちに……そして私たちの盟主様に会ってちょうだい」
超魔覇天騎士団
No.12
“三重輝翼《トリスメギストス》”ディーヴィ
念動力《キネティック》で宙を舞い、三本の機動剣《リープソード》を同時に操る、非常に高い魔力の素養を誇る超魔騎士の少女。その実力に反して気弱な一面もあるが、騎士としての矜持を常に持っている

「えっと、その……急に言われても……」
羊飼いの少年
ミヤ
辺境の山奥で羊飼いをしている、魔力を有しない『素民』の少年。かつて魔獣に襲われて壊滅した町で唯一なぜか生き残り、周囲からは“鬼子”として忌み避けられている

「わたくしはセヴィーラ。
この飛空牙城の主であり、超魔覇天騎士団の盟主です」
超魔覇天騎士団
盟主
セヴィーラ
騎士団の拠点である空駆ける城“飛空牙城”を自身の魔力で統べている、世界最強集団の盟主。可憐な見た目とは裏腹に、騎士たちから絶対的な信頼を置かれている

盟主降臨
（この騎士団の盟主？　この女の子が？）

羊飼いの少年vs超魔騎士
「……ッ！」

超魔覇天騎士団
No.9
“雷足”レグルゥ
雷属性の魔力を得意とする、巨漢の超魔騎士。生真面目な性格で、戦いに生きる誇り高き騎士としての義務と責任を“美学”という言葉で表現し、その胸に宿している
「戦いとはお互いを試し合う対話！
対話とは美学を映す鏡！
ならば一方的に受けているばかりのお前は、
ただの奴隷か!?」

CONTENTS

I AM A
JOKER IN THE GREATEST ORDER
OF KNIGHTS

The reason why I am undefeated in the invincible knights

世界最強騎士団の切り札は俺らしい

無敵集団の中で無能力者の俺が無双無敗な理由

輝井永澄

ファンタジア文庫

3069

口絵・本文イラスト　ｂｕｎ１５０

超魔覇天騎士団——

それは、空駆ける巨大な城を統べる盟主と、
十二人の騎士たち。

たったひとりでいかなる大軍をも蹴散らす、人類の最高戦力。
その剣は山を砕き、海を割り、その呪文は空を裂き、時さえも逆行させる。
この世界に生きる全人類の守護者であり、
最後の砦である彼らを、魔王でさえも恐れたという。

巨大な影が、吼《ほ》えた。

その姿は骨だけであるのに、その咆哮《ほうこう》はいったい、どこから響いているものだろうか。

人の数倍はあろうかという体躯《たいく》に、六本の腕と四本の脚を備えた異形、それが5体。

――グォン

振るわれた腕に、何人かの兵が弾《はじ》き飛ばされた。その踏み出した脚に、他の兵が蹴り上げられて宙を舞った。超弩級《ちょうどきゅう》の白骨造魔戦士《ボーン・ゴーレム》――それらがまるで、浅瀬の水を蹴散らすかのように、兵士たちを蹂躙《じゅうりん》していく。

「……良《い》い瘴気《しょうき》が漂っているねぇ。古代の戦場跡というだけはある」

白骨造魔戦士《ボーン・ゴーレム》の足元に立つ小さな影が、呟《つぶや》いた。小さいとは言っても、丈の長い法衣《ローブ》に身を包んだ身体《からだ》は並の兵士たちよりも背が高い。フードの奥で、その瞳が怪しく輝いた
――端整な顔の中に、6つ並んだ紅《あか》い瞳が。

「これほど濃い瘴気であれば……」

そう言ってフードの魔人は、両手を合わせ印を結んだ。すると、大地からまた新たな白骨造魔戦士《ボーン・ゴーレム》が立ち上がる。

「う、うわあああああ！」

高くそびえる絶望の壁を目《ま》の当たりにし、兵士たちは我知らず後退する。

「ひ、怯《ひる》むな……怯むなぁぁっ！」

羽根飾りの兜《かぶと》を被《かぶ》った隊長が檄《げき》を飛ばす。

「我らは母なるグアズィール帝国の兵だぞ！　こんな、こんな……！」

だが、その彼自身の足もまた、戦列の後ろへと誘《いざな》われていた。東の駐屯兵団は、帝国の軍の中にあってその兵力も練度も最大級を誇る。それが総崩れとなっていく様に、隊長は唇を震わせた。

「魔力級数《レベル》が違い過ぎる……我々では、とても太刀打ちできん……」

その時、隊長の頭上に白く巨大な拳が落ちた——


——ズゥウン！

間一髪、直撃を免《まぬが》れた隊長はしかし、弾けた地面の衝撃で地に伏せた。激痛に耐えながらなんとか半身を起こし、見上げる——巨大な魔獣は目前に迫り、恐怖がその視界を埋め尽くしていた。数十人いたはずの部隊が、自分を置いて引き潮のように退却していくのが目の端に映った。

6

――ザッ

そのとき、引き潮のように下がっていく戦列と、入れ替わるようにして歩み出た者たちがいた。

「……ほう?」

フードの魔人が、ゆっくりと進めていた歩みを止めた。6つの紅い瞳が、並び立つ3つの人影を見る。

「あ、あなた方は……まさか……」

隊長は地に伏したまま、その三人を見上げた。中央には燃えるような蒼《あお》い髪をなびかせる長身の女騎士。その左右に浅黒い肌の巨漢と、そして黒髪を後ろで束ねた軽装の男。

「……お、おい!　あれ……」

「なんだあいつら⁉　死ぬ気か⁉」

兵士たちが騒ぐ声が聞こえた。三人は横に並び、泰然として巨大な魔獣へと目を向ける。

――ウオオオオン

白骨造魔戦士《ボーン・ゴーレム》が再び、吼えた。合計数十本の腕を広げ、目の前に現れた小さな挑戦者たちに躍りかかろうとする。

「……いや、あれを見ろ！　あの紋章は……」

兵士たちからあがった声を聞くまでもなく、隊長の目にそれは焼き付いていた。白と黒の六天星を抱き、魔人の前に立ちはだかる騎士たち。

「……下がりおろう。ここは我らに任せていただく」

蒼い髪の女騎士が隊長を一瞥《いちべつ》し、ぶっきらぼうに言った。

隊長はそのとき、確信した。

この人たちなら、勝てる。なぜなら、その紋章を抱くこの騎士たちこそは――

「……超魔覇天騎士団《ちょうまはてんきしだん》……！」

蒼い髪の女騎士が、その右手を前方へと掲げ――

――ドォウッ！

閃光《せんこう》が弾けた。

迫る白骨造魔戦士《ボーン・ゴーレム》に向かい、魔力の光が迸《ほとばし》り、それは破壊の力を具現化した槍《やり》と化す。

そして魔獣は巨大な炎に包まれ、別の一体はその巨体を丸ごと凍らせ、また別の一体は電撃に貫かれた。

「……炎と、氷と、雷撃の魔法を、一度に放った⁉」

「それじゃまさか、あの蒼い髪の騎士は！」

兵士たちの声を背に受け、女騎士がその髪を軽く払う。白く美しい肌の中に潤んだ瞳が、崩れ落ちる魔獣を見た。

――超魔覇天騎士団ナンバー2・「素晴らしき《ミラビリス》」シャイ・リーン。

あらゆる属性を極めた魔術遣いの頂点にして、大陸最強の騎士のひとり。

その戦力は、たったひとりで戦争を終わらせることさえ可能だと言われる。

「それじゃ、あっちの男は……！」

隊長が顔をあげると、浅黒い肌の巨漢が地を蹴り、雷鳴と共に空に舞い上がったところだった。肩に担《かつ》いだ大剣を握り、大上段に振り上げる。そして地上では、黒い髪を束ねた軽装の男が、腰に佩《は》いた剣の柄《つか》に手をかけていた。

──カッ！

その一瞬、隊長も、兵士も、目の前で起きたことを理解できた者はいなかっただろう。彼らが理解できたのは、まとめて両断された巨大な魔獣たちが地響きを立て、崩れ落ちる姿だけだった。

浅黒い肌の男はナンバー9・「雷足」のレグルゥ。

黒髪を束ねた男はナンバー6・「神剣」のウドウ。

大陸中に轟《とどろ》くその名と、それにまつわる噂《うわさ》とが、兵士たちにその光景を理解させる。それは、巨人さえも両断する達人たち。その剣は山を砕き、その呪文は海を割り、時空さえも断ち切ると言われる最強の騎士たち。それが──

「超魔覇天騎士団、か……」

三対《さんつい》の瞳を紅く光らせて、魔人が口元を歪《ゆが》ませた。そこへ──

「ぬううぅん！」

大剣を振りかぶった巨漢の騎士、レグルゥが躍りかかる。

──ズガッシャァア！

轟音《ごうおん》と共に、閃光が空を斬り裂いた。斬撃《ざんげき》が大地を割り、光が魔人と、周囲の魔獣たちをもまとめて弾き飛ばす――一瞬の後、振り降ろした剣の下には、歪んだ空間と、消し炭とだけが残されていた。

三人の騎士は足を止め、武器を納める。戦場の中に天を衝《つ》いて立っていた魔獣たちは、今やすべて残骸と化し、大地へと落ちてもはや見分けはつかない。

戦場にしばし、静寂――そしてその後、兵士たちの歓声が爆発する。

「うおおおお！　すげぇえ！」

「初めて見た！　あれが超魔騎士の戦いか！」

戦いに傷ついた者も、恐怖にすくんでいた者も、等しく表情を輝かせ、声をあげてその武勇を讃《たた》える。

「すごい……これがわが母なる帝国の最高戦力たち……」

隊長は膝をついたまま、その姿を眺めた。三人の騎士たちはしかし、魔人の消えた跡に生まれた空間の歪《いびつ》と、雲の切れ間から落ちる陽《ひ》の光とを、厳しい目で見詰めていた。

「影、だな……」

黒髪を束ねた男が言った。

「魔人卿《ダイモンロード》は取り逃がしたか」

「フン……」

浅黒い肌の巨漢の言葉に、ウドウは鼻を鳴らして応える。蒼い髪の女騎士が、空間の歪を見たまま、口を開く。

「……もし魔人卿《ダイモンロード》と戦いになったとて、我らが後れを取ることはあるまいが……」

蒼い髪の女騎士、シャイ・リーンはそれ以上言わなかった。


超常の力を持ち魔獣を率いる魔人卿《ダイモンロード》、そしてそれらを操る「魔王」――世界の理《ことわり》さえ脅《おびや》かす魔の軍勢と戦う、大陸最強の騎士団。

この物語は彼ら超魔騎士と、ある羊飼いの少年が出会うところから幕を開ける。

世界最強騎士団の

IN THE GREATEST ORDER

しは俺らしい

輝井永澄

ILLUST.
bun150

DESIGN KAI SUGIYAMA

I AM A JOKER OF KNIGHTS

切り札

無敵集団の中で
無能力者の俺が
無双無敗な理由

The reason why
I am undefeated in the invincible
knights

1. 羊飼いの少年、魔人と遭遇する

「……んん、っと……」

高くなった日差しが瞼《まぶた》を温めるのを感じて、俺は目を開けた。

「あー、寝るつもりじゃなかったのになあ……」

まあでも、気持ちよかったしいいか——俺は腕をあげて伸びをする。

「……っと、いけない」

そういえば仕事中だった。俺は慌てて牧草地の方を見る。そこには羊たちが広がって、メエメエと鳴きながら草を食《は》んでいた。

「えっと……数は減ってないかな。よかった」

もし、羊が逃げ出してもしたら、また怒られてしまう。あの口うるさいオーナーに小言を言われると思うと、想像しただけで気が滅入《めい》る。

のんびりしているように見えても、羊飼いは楽な仕事じゃない。とはいえ、魔力を持たない俺のような「素民《すみん》」にとって、この暮らしは気楽でもある。なにしろ、あまり人と関わらずに生きていけるのがいい。他人と比べ合ったり、顔色を窺《うかが》ったりしながら生きていくのはやっぱり、息がつまる。

――ふと、風が鼻を撫《な》でた。春先のいい香りがする。天気もいい。そういえば、そろそろ山菜が美味《うま》い時季だった。

「少し摘んで帰るかな」

俺は羊たちに注意を払いつつ、振り向いて背後の林の中を見た。ちょうど、少し入ったところに旬のコシアブラが生えている。ラッキー。

「……ん？」

山菜を摘もうと林の中に足を踏み入れたとき、斜面の上から妙な音がするのに俺は気が付いた。


――メキ、メキメキッ――


それは木々が折り曲げられるような音。顔をあげて見れば、その方向で林の木々たちが揺れ――いや、あれは揺れてるんじゃなくて、へし折られてなぎ倒されてる――？

「ブモモモモ！」

腹の底に響く低い鳴き声と共に、俺の目の前に巨大なイノシシが――体長10メートル、高さは5メートルほどもある巨大な暴猪魔獣《エリュマントス》が、現れた。

「ブモモモォッ！」

あ、これはまずい――一目見て俺は直感した。なにがあったのかわからないが、すっかり興奮している。俺は後ろの牧草地に一瞬、目をやる。こんなのが羊たちの中に突っ込んだりしたら――

「ブモモモモモォーッ！」

暴猪魔獣《エリュマントス》が吠《ほ》え、こちらに向かって突進してくる。その巨大な身体《からだ》が、力任せに斜面を降り、勢いのままに――！

「ちょっと、待って……！」

――ッ

突き出した俺の手の前で、暴猪魔獣《エリュマントス》がその突進を止めた。

「ブモ……モッ……!?」

魔獣はなにが起こったのか気が付いていないらしい。足に力を込め、突進を続けようともがく。

「……やめときなって。ね？」

俺は片手で暴猪魔獣《エリュマントス》の鼻先に触れながら、語り掛ける。この魔獣は、自分が突進する勢いに自分で興奮してしまうようなところがあるんだ。ゆっくりと、興奮を鎮《しず》めてやれば――

「……ブルル……」

鼻息も荒く猛《たけ》り狂っていた魔獣の目の色が、次第に落ち着いてきた。

「ほら、大丈夫だから、落ち着いて……」

暴猪魔獣《エリュマントス》は俺の手のひらから鼻先を離す。

「ブル……」

そして暴猪獣魔《エリュマントス》は足音を立てて振り返り、山の奥へのっしのっしと歩き去っていった。

「なんかあったのかな、こんな時季にあんな興奮してるのとか……」

冬ごもりの前ならともかく、春先で食べ物も多いこの時季に、あんなに興奮する理由はちょっと思いつかない。

俺は空を見上げた。もしかして、なにかよくないことでも起こってるのかな？

「……まぁ、考えても仕方ないか」

なにかを感じ取ろうとしたって、そんな力は俺にはない。俺は無能力者として生きてきたし、これからもそれは変わらないんだ。

俺は気を取り直して、振り返り羊たちの様子を見る。少し驚いたみたいだけど、みな無事みたいだ。さっさと小屋に戻って、昼過ぎまでまた昼寝でもしよう。

「はーい、みんな行くぞー」

「メェェェ」

俺の声に応える羊たちを、俺は手にした杖《つえ》で追い立て始めた。

＊＊＊

その日、わたしはいつものように、おじさんのお使いで村を訪れていた。

帝都の西側に広がる丘陵地帯を越えた先、ここアルジウラは小さいけれど、緑豊かで付近には魔獣も少なく、穏やかな時間がいつも流れている、そんな村だ。

「ご苦労だなぁ、リネット。ついでにこれも持っていきな」

「わあ！　ありがとうフラッドさん！」

そう言ってフラッドさんが手渡してくれたトマトは、陽の光をいっぱいに受け、光り輝いていた。

「それで、こっちの野菜はどうするんだい？」

「ああ、そっちはミヤに持っていくの」

「……あ、ああ、そうかい」

一瞬、フラッドさんが顔を曇らせた。わたしは笑って品物を受け取る。山の牧草地に住む羊飼いのミヤは、どうも村の人たちから誤解されているみたいだ。ミヤの雇い主であるわたしのおじさんでさえ、たまにミヤのことを悪く言ったりする。

それでも、わたしにとってミヤは幼馴染《おさななじみ》で、村では数少ない同年代の友だちで、羊とともに過ごす穏やかな少年なのだ。

「……ねぇフラッドさん。ミヤはね……」

わたしはトマトに目を落とし、フラッドさんに向かって口を開こうとした——と、そのとき、太陽の光を受けて輝いていたトマトが、急にその光を失った。

「お、おい、リネット、あれは……」

「え？」

顔を上げると、フラッドさんが空を見上げ、驚いた顔をしていた。

季節は春先、天気のいい昼さがり。山に緑が萌《も》え、それをお日様が照らす——その光が、なにかに遮られて村に影が落ちていることに、わたしは気が付く。

「あれは……！」

フラッドさんがなにに驚いたのか、わたしはすぐに理解した。思わず、手に持ったトマトを落としそうになってしまう。


――ゴゴゴゴ――


村全体を包むほどの大きな影の正体、それは空を飛ぶ大きな船――低い音を立てながら、それが空を横切り、お日様の光を遮る。

「飛空艇……ってやつかいあれは？」

バーシーおばさんが歩いてきてそう言った。飛空艇――魔力によって自在に空を飛ぶ、古代超文明の遺産。そんなすごいもの、実際にこの目で見るのは初めてだ。

「しかもあの紋章……あれはまさか、『超魔騎士』の船じゃないか」

「超魔騎士……？」

フラッドさんが言う言葉を、わたしは訊《き》き返した。

「知らないのかい、リネットちゃん。大陸最強の戦力、超魔覇天騎士団の騎士様さ」

「それって……」

田舎育ちのわたしでも、噂《うわさ》には聞いたことがあった。

剣を振るえば大地が裂け、呪文を唱えれば海が割れ、時間さえも支配すると言われる、恐ろしい力を持った騎士たち——帝国の守護神と謳《うた》われ、たったひとりで巨大な魔物や敵の大軍を蹴散らす、すべての戦士や魔術遣いの頂点に立つ存在。

「白と黒の六天星、そしてその紋章の中に記されたナンバーは『12』……ならばあれは、超魔覇天騎士団のナンバー12・『三重輝翼《トリスメギストス》』のディーヴィ・リエルの船に違いねぇ」

「詳しいんですね、フラッドさん……」

「ふふふ……なにを隠そう、俺はマニアでな！」

「は、はあ……」

わたしは改めて、その飛空艇を見上げる。細長い胴体から伸びた帆柱にはいくつもの羽根が回転し、それが低い唸《うな》り声をあげているようだ。その上には帝国の旗がなびいている。まるでそれは、空飛ぶ大きな怪物みたいだった。

「しかし、その超魔覇天騎士団がどうして、こんなところに？」

バーシーおばさんが言うと、フラッドさんは眉をひそめる。

「……超魔騎士は皇帝の代理人として、戦争を含むすべての行為を独断で行うことが認められているって話だ。それがここを通るとなりゃ……なにか帝国の一大事が……？」

わたしはそれを聞きながら、船がゆっくりと太陽を横切っていくのを見守っていた――

「……？」

そのとき、わたしの目になにかが映った。船のまわりに、紫色の光のようなものがいくつか、現れて――

「あれ、なに？」

「……ん？」

フラッドさんとバーシーおばさんが、わたしの声につられて船の方を見上げた、その時だった。

――ドォオオオン！

凄《すさ》まじい轟音《ごうおん》が響き渡り、わたしたちの立っているところまで、びりびりと振動が伝わる。

「……船が……！」

それは、大きな炎の塊が飛空艇にぶつかり、爆発した音――

——ウュンッ
そしてその爆発と共に、船の周りに紫色の光が再び現れ——その中からさらに、黒いものがたくさん現れた。その黒いものたちは、羽ばたいたり、うねったり、炎を吐き出したりしながら飛空艇に襲いかかる。

「……魔獣の襲撃だ！」

いつの間にか集まって来ていた村の人たちが、ざわざわと騒ぎ始めた。

「お、おい、この村も巻き込まれたら……」

「そんなのごめんだぜ！　早く逃げないと！」

「おい、超魔騎士ならあんな魔獣くらい、なんてことはないだろ？」

「わかってねぇな！　超魔騎士が本気を出したら山ごと吹っ飛んじまうんだよ！」

わたしはそんな声を聞きながら、飛空艇を見つめていた。飛空艇は煙をあげながら、ふらふらと高度を下げ、山の方へと流れていくようで——

「……あっ！」

そのとき、わたしは気が付いた。あの方向って——！

「ちょっとリネットちゃん、どこへ……⁉」

　駆け出したわたしを、バーシーおばさんの声が呼び止めた。わたしは振り向いて叫び返す。

「あっちの方、ミヤの羊飼い小屋がある！　あのままじゃミヤが巻き込まれちゃう！」

「待って！　あんたも危ないよ！」

「そうだ！　だいたいあの鬼子の心配なんか……」

　その声を振り切り、わたしはミヤの住む小屋へと走る。あいつボーッとしてるから、あのままじゃ逃げ遅れちゃう——そう思って、落ちる飛空艇の方を見た、そのとき——


　——ヴァゥアッ！


　わたしは見た。

　飛空艇の甲板の上から、大きな三枚の光の翼が羽ばたくのを。

　わたしは思わず足を止め、その翼の様子に目を凝らす。なぜなら——その三枚の翼の真ん中に、銀色の鎧《よろい》を纏《まと》った金髪の女の子がいたから。

「超魔騎士……ディーヴィ・リエルだ！」

　フラッドさんが叫ぶ声が聞こえてきた。

＊　＊　＊

高度を下げる飛空艇の上に、私は舞った。周囲に現れた魔獣たちが、私の方へと敵意を向けるのを感じる。私は魔力の翼を大きく広げ、身構えた。

「女騎士《デイム》ディーヴィ！　申し訳ありません！」

船から怒鳴る声が聞こえた。

「こ、こちらは大丈夫です、から……船の立て直しをお願いします」

私は精一杯の声で、船の方へと声をかけた。聞こえたかどうか不安だったけれど、操舵《そうだ》手《しゅ》が親指を立てるのが見えた。

――なんでそんないい笑顔なの？

任務のためにここまで飛空艇でやってきて、それがいきなり、どかーん！　ってやられて、魔獣に襲われて。こんな状況で、私にそんな笑顔を向けられても、どうしたらいいか――

「もうやだ。帰りたい」

私は思い切りため息をついた。《聖杯》を手に入れるためにわざわざ出張った帰りに、こんなことになるなんて――それに、ゲイハルはどっか行っちゃうし。

なんで私がこんな目に遭うの。今回は戦いとかそういうのないって思ってたのに——

「グガァァァァァッ！」

突然、凶悪な鳴き声がした。

「ひっ⁉」

見れば、そこには大型の翼竜《ワイバーン》がその口を広げていて——

「い……ッ………」

その大きな紅《あか》い口の中に並ぶ鋭い牙と、撒《ま》き散る涎《よだれ》を見た瞬間、なにかが弾《はじ》けて——

「いやぁぁぁぁッ！　来ないでぇぇー！」

肺の奥から叫び声が爆発した——と、私の手元から三本の剣が空を駆けた。

——ザシュアッ！

次の瞬間、宙を舞い踊る三本の剣が、翼竜《ワイバーン》の身体《からだ》を4つに切り分けていた。

「機動剣《リープソード》！　おねがいぃぃっ！」

私は素早く剣を引き戻し、今度は反対側に迫っていた魔獣を斬り裂く。

「やだやだやだ！　いやだってばぁぁ！」

息をつく間もなく、他の魔獣たちが迫るのを、片っ端から刃《やいば》の嵐が斬り刻んでいく。私の身体を軸にして三本の機動剣《リープソード》が飛び交い、血と肉片とを青い空の中に撒き散らしていく。怖い、キモい、ほんと無理。なんで私がこんな目に遭わないといけないの？　私は身体を捻《ねじ》り、魔獣たちの合間を縫うようにして鋭角に飛びまわった。

「あっちいってぇぇぇぇ！」

私は魔獣の群れの中を跳ね回り、魔獣たちを血の嵐へと巻き込んでいった。

——グアアアッ‼

ひと際大きな咆哮《ほうこう》と共に、目前に巨大な影が現れた。牛頭飛魔獣《マラクス》——牛の頭に、巨大な革の翼を持った大型の魔獣だ。

「いやぁぁぁーッ！」

これは無理だ。マジで無理。なんかデカい口が開いてるし、涎とか飛ぶ。

魔獣の口の手前で私は急ブレーキをかけた。と、速度の落ちた私を狙おうと、周囲の魔獣たちが殺到する！　目の前では涎まみれの口が大きく開き——その奥から激しい炎が

——

「……やめてーっ！」

私はその場で身体を回転させた。瞬間、機動剣《リープソード》が私の周囲を高速で旋回する！

――超魔戦技、円環光輪剣《リング・エクリプス》！

旋回する三本の機動剣《リープソード》――その軌跡が輝きの円環《リング》を描く！　それは魔獣の硬皮をバターのように容易《たやす》く両断し、触れたものを高熱のプラズマで焼いて瞬時に灰と化す――一瞬の後、私の周囲にはただ、なにもない空間が広がっていた。

「……はあ……」

周囲の魔獣をまとめて蹴散らし、静かになった空の中で、私はため息をついた。これでみんないなくなってくれた――振り返って船を見ると、どうやら立て直しに成功したようだ。私も早く船に戻ろう。帰って熱い紅茶の一杯でも――

「……いやあ、お見事、お見事」

「ひゃっ⁉」

不意に声をかけられ、私は首をすくめた。機動剣《リープソード》を身構えながら見れば、中空に紫色の光が渦を巻き、現れるところだった。

「あれだけいた魔獣たちを相手にして、息も乱していない……まったく、感服いたしました。これがこの地上の騎士たちの力ですか」

光は大きくなり――それは人の形をとった。黒い大きな鍔広帽《つばびろ》に、丈の長い上衣《コート》を纏った大柄な男――

「魔人卿《ダイモンロード》……！」

帽子の鍔の奥に覗《のぞ》く顔を見て、私は思わず声をあげる。そこにあったのは、骨のような、仮面のような白い顔――人ならざる人、魔人の顔。そしてその額に刻印された緋色《ひいろ》の魔文字だった。

――よりによって、こんなときに――

私は翼を広げて身構え、機動剣《リープソード》を前に備えた。魔王の騎士・魔人卿《ダイモンロード》――それは地上の人間に仇《あだ》なし、文明の破壊を目論《もくろ》む敵。その力は魔獣の大軍にも匹敵する――

魔人はその作りもののような顔に、笑みのような表情を浮かべる。

「いかにも、我は魔人卿《ダイモンロード》が一柱、傲火《ごうか》のカルドゥヌスと申す者。以後、お見知りおきを願いたい」

それじゃさっきの魔獣はこいつが召喚したもの――？　私は再び泣きそうになる。もうやだ、なんで私ばっかりこんなのと戦わないといけないの。だいたい、本当はこれ、私じゃなくてゲイハルが――私は震える手で、左手にした篭手《ガントレット》の宝玉に右手の指を添えた。

「……魔力測定《アナライズ》……！」

呪文《コマンド》に篭手《ガントレット》が応じる。その宝玉から宙空に光が放たれ、その中に文字が浮かんだ。

魔力属性：炎
魔力級数《レベル》：38765

「30000超え……」

魔導篭手《ガントレット》の計測した相手の魔力を確認する。やっぱり、強い――

「さてと……美しく強く、聡明《そうめい》な騎士様がいったい、このような場所でなにをしておいでだったのですかな？」

カルドゥヌスと名乗った魔人卿《ダイモンロード》が恭《うやうや》しく言った。

――こいつ、まさか《聖杯》を狙って――？

私は唇を噛《か》んだ。首筋に緊張が走る。

超魔覇天騎士団では、魔人卿《ダイモンロード》と相対する場合、二人以上で戦闘に臨むことが推奨されている。それほどに危険な相手なのだ。

しかし、ここで退くわけにはいかない。

「……あ、あなたのような文明の破壊者に答える言葉は、持ってません！」

私はお腹《なか》に力を入れ、精一杯その場に踏ん張りながら言う。

「悪魔が……人間の真似《まね》をして丁寧に振る舞わないで！」

「ほう……」

カルドゥヌスは作りものの顔を動かした。

「……この世界に敬意を払い、そなたらの流儀に合わせているつもりでしたが、気に入らないようですな？　ならば、言葉も通じぬバカな獣に、欲望のまま蹂躙《じゅうりん》される方がよろしいかな？」

「……ッ！」

私は吐き気を感じた。慇懃《いんぎん》な態度ではあるけれど、元より話の通じるような相手ではないのだ。言葉のやり取りなどするだけ無駄――私は機動剣《リープソード》を旋回させる。

「……問答は無用です！」

先手必勝、初手から必殺の一撃を叩《たた》きこむ――こういうやつは、さっさとぶっ倒しちゃうに限るの！

「……円環光輪剣《リング・エクリプス》！」

――ヴァッ‼

高速で旋回する刃が、輝く光の輪を描く！　その光に触れたものは一瞬で両断され――

「……え？」

一瞬後、私は目を疑う。私の放った必殺の剣技は、確実にカルドゥヌスを捉え――そして、その皮膚の上で止まっていた。

「……ぎぃぃやっはっはっはぁぁぁ！」

突如として、カルドゥヌスがけたたましく笑いだした。

「たまんねぇなぁ、今の顔！　自分がどんな顔してるか、見えるかぁ女騎士さんよォ！」

――きっと私は、唖然《あぜん》としていたのだろう。無防備な相手へと放った必殺の一撃が、効いていない――？

私の顔を見て、カルドゥヌスが勝ち誇る。

「いやいや、大した威力だぜぇ？　これが超魔戦技・円環光輪剣《リング・エクリプス》……三本の剣を交差させながら超高速で旋回、その速度のために刃と刃の間の層がプラズマ化して高熱の光を放ち、敵を斬り裂いて瞬時に焼き尽くす。さすがは超魔騎士様といったところだけどもねぇぇ」

作り物のような魔人卿《ダイモンロード》の口が耳まで裂け、ニタァ、と笑った。

「あいにく我が身体は別の次元に拡張していてなぁぁ！　そぉんな攻撃じゃ傷つかねぇのよなぁぁぁぁ‼」

──まさか、時空相転移魔法《フェーズシフト》で物理的な衝撃を無効化──⁉

私は自分の迂闊《うかつ》さに気が付いた。防御魔法を展開した状態でこちらの攻撃を誘っていたのか──それにしても、そんな高度な魔法を──！

「ボヤボヤすんなよお、おらあぁぁっ！」

──ガキンッ！

躍りかかるカルドゥヌスの拳を、三本の機動剣《リーブソード》で盾を作って受け止める。その顔が間近に迫った。

「『文明の破壊者』と言ったなぁぁ？　いやいや、悠長すぎて笑っちまうねぇ……なんにでもそうやって、大層な理由をつけないと気が済まねぇんだなぁ、お前たち人間はよぉぉ！」

「……んぐっ……！」

カルドゥヌスの力に、機動剣《リーブソード》が押し切られそうになる。私は必死に念動力《キネティック》を込め、それを押し返そうとするが、カルドゥヌスは余裕の表情でその長い舌を突き出した。

「俺たちぁ、てめぇら人間の絶望が見てぇのよぉぉ！　人間が交尾大好きなのと同じだぜぇぇ⁉　そういう風にできてんのよなぁぁ！　理由なんかねぇんだよなぁぁ！」

これ以上ないほど下品な、カルドゥヌスの笑い――長い舌で顔を舐《な》められそうになった瞬間、私の中でなにかが、切れた。

「いやぁぁぁぁぁぁぁぁぁぁぁぁぁぁぁぁぁぁぁぁっ！」

全身で放った絶叫と共に、背中の翼が広がり光を放つ！　その瞬間、機動剣《リーブソード》が光り、カルドゥヌスを弾《はじ》き飛ばした。

「うおっ⁉」

一瞬、退いたカルドゥヌスへ、機動剣《リーブソード》が襲い掛かる。


――ズドドドドドドドッ！


「……ぬおおおおっ⁉」

三本の剣による連打は、カルドゥヌスを貫きはしない――が、その打撃の雨でカルドゥヌスは押し返されて――

「こぉの、変態ぃぃぃぃぃぃぃぃ！」

叫びながら、私は両腕を振り降ろす！


——どごぉおっ！

機動剣《リーブソード》はカルドゥヌスを殴りつけ、そのまま一気に地面へと——

——ずどぉん！


衝撃と共に窪地《クレーター》を穿《うが》ちながら、カルドゥヌスは墜落した。

「絶対ゆるさない、絶対ゆるさない、絶対ゆるさない……！」

私は息を切らしながら、その後を追って大地に降り立つ。

「あんたみたいな変態、ぜっったいにゆるさない！　存在すらゆるさない！　あやまれ！　世界そのものに存在をあやまれ！」

降り立った場所は、牧草地——たくさんの羊がそこにはいた。

「メェエ～」

先ほどの墜落の衝撃で、羊たちが落ち着きなく騒いでいる。カルドゥヌスは、その向こう側の小屋の上に落下したようだ。衝撃で小屋が壊れ、崩れ落ちていた。

「ひぇっへへへ……」

その中から笑い声がして、カルドゥヌスが姿を現す。

「さすが騎士様ですよねぇぇ。ならば我も本気を出すとしましょうかねぇぇぇ！」

「うるさい！　お前みたいなやつはカビの生えたパンが股間にくっついて取れなくなったらいいんだ！」

私は光の翼を広げ、機動剣《リーブソード》を身体《からだ》の周囲に旋回させた。

「気丈なもんだなぁぁ騎士様はよぉぉ！　その綺麗《きれい》な顔に絶望の表情をさせて丸かじりしてやりてぇなぁぁ！」

吼《ほ》えるカルドゥヌスを前に、私は呼吸を整え、魔力を全身に巡らせる。敵の魔力は30000を超え、時空を歪《ゆが》める力さえ持つ。対する私はひとり――それがどうした！

「人間の絶望で快感を感じるような下衆《げす》な生き物を打ち倒すのが、私たち超魔覇天騎士団。そのナンバー12の名にかけて、この場で引導を渡してやる！」

私の魔力級数《レベル》は32000、この魔人に決して劣る数字じゃない。先ほどは不覚を取ったけれど、あの時空相転移魔法《フェーズシフト》だって破る方法はあるはず――

「……ん？」

その時、私は気が付いた。私と向き合うカルドゥヌスのその後ろに、誰かがいる――

「……あのー」


カルドゥヌスの後ろにいた小柄な人影が、言葉を発した。

たぶん、その時私は目を丸くしていたと思う。そんな、まさかこんな山の中で一般市民と遭遇するなんて。いやでも、そういえば周囲は牧草地でたくさんの羊。そして向こうの小屋は羊飼い小屋か。と、いうことは――

「どちらさまで？」

小柄な人影が、薪《まき》を両手に抱えて呑気《のんき》な声で言った。見れば、それは少年――と言っても、私とそれほど変わらない歳《とし》だが――灰色の癖のある髪に、深く碧《あお》い眠たげな瞳が印象的な少年だった。

粗末な服に、革製のベストという装《よそお》いは羊飼いとしてのものだろう。

「メエェェ」

羊の鳴き声が響いた。それはあまりにも――世界を滅ぼそうとする魔王の手先と、超魔騎士である私が対峙《たいじ》する空間としては、あまりにも場違いな空気だった。

「……そこの人！　早く逃げて！」

我に返って私は叫んだ。まずい、これはまずい。あの少年はきっとここの羊飼いなのだろう。なんにしろ、こんなところにいたら——

「フヒャヒャヒャ！　運の悪いやつだなぁぁ！」

カルドゥヌスが振り向きざま、その手の上に炎の球を作り出した。

「そしてちょうどいいなぁ！　死ねよぉぉぉぉ！」

そしてその腕を振りかぶり、カルドゥヌスは少年に向けて炎の球を放つ！


——ボンッ！


白く輝く炎の塊が、周囲の空気ごと少年を焼いた。

遅かった——私は自分の判断の遅さを悔やむ。あの火力で焼かれては、影さえも残らないだろう。超魔騎士たる私ともあろうものが、市民を守れないとは——

「……びっくりした。なんですか今の？」

と、次の瞬間、呑気な声が私の耳に入って来た。

——え？　なんで？

炎と煙が晴れ、その中から目を丸くしている少年が現れた。その様子を見た私の顔は、たぶん呆気《あっけ》に取られてぽかんとしていたと思う。

——どうして生きてるの？　不発？　いやいやいや、でも——

私は困惑しながら、少年の周囲を見た。地面は抉《えぐ》れて焼け焦げ、大地に穿たれた窪地《クレーター》のへりは熱で溶けてガラス質へと変質してさえいる。それなのに、その中心にいた少年は、焦げ跡ひとつ負っていない。

「……なんだお前？」

カルドゥヌスの顔から笑みが消えていた。

「違うだろうよぉぉ、人間ってのはなぁぁ、もっとこう……泣き叫んだりとかよぉ」

その身体をふらふらとさせながら、魔人は少年へと近づく。

——まずい！

私は地を蹴り、跳んだ。

「市民に手を出させは……！」

と、カルドゥヌスが振り返る。

「邪魔すんじゃねぇぇぇぇぇ！」

カルドゥヌスがその手のひらを弾くようにして、炎を放つ！

――ドォン！


「きゃあああぁっ!?」

魔人と少年の間に割って入ろうとした私は、炎の直撃を受けて地に転がった。

「くっ……！」

迂闊だった――動きが読まれていたのだ。この魔人、変態と見せかけて、キレる――！

「フヒヒ……これでゆっくりと嬲《なぶ》ってやれるなぁぁ」

そう言ってカルドゥヌスはまた少年の方へと向き直った。

「……」

少年は正面から魔人の姿を見据え、少し後ずさった。

「……ミヤ！」

そのとき、別の声がした。見ると、小屋の向こう側から栗色《くりいろ》の髪を揺らして少女がひとり、駆けてくる。

「リネット……！　なんでここへ!?」

少年が振り返って言った。リネットと呼ばれた少女が息を切らして声を張る。

「だって、こっちでなんか凄《すご》い戦いが……っていうか、なにこれ!?」

少女は足を止め、私と魔人の姿を見た。まずい、あの少年に加えて、ここにまた一般市民が来たら——

「ぎぃえっへっへっへ！　これは面白いなぁぁ！」

カルドゥヌスが笑い声をあげ、手のひらを上に向けて広げる。と、その上にたちまち、巨大な火球が生まれた。

「……！　やめ……ッ！」

「遅《おせ》ぇぇッ！　全員まとめて、消し飛びやがれ！　ヒィヤッハァァァ！」

カルドゥヌスはけたたましく叫びながら、その巨大な火球を頭上へと掲げた。

「リネット！　危ない！」

少年が少女を背中に庇《かば》うのが見えた。しかし——

「連弾紅炎爆砕拳《プロミネンス・ブレイクダウン》！　死ねぇぇぇ！」

巨大な火球から放たれた無数の火球が、弧を描いて少年と少女に、襲い掛かる——！

——ズドドドドドォン!!

爆風の雪崩が鳴り響いた。

衝撃と熱波が荒れ狂い、崩壊をもたらす。足元の地面がまた衝撃で砕け、私は魔法でその身を守らないとならなかった。

羊たちが吹き飛ぶのが見えた。破壊の津波が山肌を穿ち、森を砕く。緑豊かな牧草地は焼けて一瞬で灰と化し、見渡す限りの大地が一瞬にして、ひび割れた禿山《はげやま》へと変わる。

「……ひぃぃぃ、ふへへへへ……」

──数瞬の後、爆風が止《や》み、カルドゥヌスが笑う声がその後に聞こえてきた。

「フヒヒ、気持ちいいなぁぁ、ふひひ……」

ほとんど恍惚《こうこつ》としながら、カルドゥヌスはふらふらと歩く。

「やり過ぎちまったかなぁぁ、これじゃ絶望に打ちひしがれる可愛《かわい》い顔をみられやしないなぁ………フヒヒ、フヒヒヒヒ……」

腰をカクカクとさせながら、カルドゥヌスは少年の立っていた場所へ近寄り──

「……なっ⁉」

カルドゥヌスが驚愕《きょうがく》の声をあげた。悔しいことに、私もカルドゥヌスの声にハモってしまっていた。

た。

「……なにするんだよ、ほんと」

土煙の収まったその中から、少年が無傷で姿を現した。その後ろには、無傷の少女もい

「なんだ……いったいなんなんだ、貴様は⁉」

カルドゥヌスが叫んだ。少年は無言で前に進み出る。

私は呆然《ぼうぜん》としていた。カルドゥヌスもそうだった。一体なにが起こってるの？　あの激しい攻撃のあとで、どうしてあの少年は立っていられるの？

もしかして――と私は考えを巡らせた。魔力で防いだのだろうか？　一見ただの羊飼いに見えるけど、実は強力な魔力の遣い手で――いやでも、あの威力の火炎魔法を防ぐなら、同等以上の魔力を発動させねばならないはずだ。どう見ても、あの少年がそんな強力な魔力の遣い手とは思えない。第一、魔力級数《レベル》30000クラスの遣い手なんて、超魔覇天騎士団以外にそうそういるはずが――

私は篭手《ガントレット》の宝玉に指を添え、唱える。

「魔力測定《アナライズ》！」

篭手《ガントレット》の宝玉から光が放たれ、宙空に文字が浮かぶ。あの少年の魔力は――

魔力属性：なし
魔力級数《レベル》：0

「ゼロ……？」

私は表示されたものを見てまた唖然《あぜん》とする。あの少年、魔力を持たない「素民」だ――

いやでも、それじゃどうやってさっきの攻撃を防いだの？

少年は、カルドゥヌスに詰め寄っていた。

「……リネットを、傷つけようとしたな？　それに、羊たちも……」

少年はその小さな拳を握りしめていた。

「……ふん！　もしかして我を殴るつもりか⁉」

カルドゥヌスが両腕を広げた。その身体《からだ》がわずかに魔力の光を纏《まと》う。あれは時空相転移魔法《フェーズシフト》！　あらゆる物理的衝撃を無効化し、私の円環光輪剣《リング・エクリプス》でさえ通じなかった防御魔法――！

「貴様のちっぽけな拳で！　この我を！　殴ってどうする気だぁぁ⁉」

「………」

少年が無言で、その細い腕を振りかぶった。

——ボッ！

「ぬが⁉」

瞬間、なにかが爆発するような音と共に、カルドゥヌスの身体がくの字に折れ曲がった。

「さっきからいちいちうるさいよ、お前」

少年が言うと同時に、カルドゥヌスがふらふらと後ずさった。

いったい、なにが——？

私は目を凝らして見る——と、少年の殴った魔人の腹が砕け、背中側に青い血が飛び散っているのが見えた。

「ば、馬鹿……な……⁉　我が身体は、次元で、衝撃で、拡張していて……」

カルドゥヌスの顔は苦痛に歪《ゆが》み、腹から青い血がぼたぼたと流れ落ちていた。

「……きさ、ま……ら……」

カルドゥヌスは腹を押さえ、少年を、そして私を睨《にら》みつけた。

「フヒヒ、ヒ……許せねぇなぁ……こんな真似《まね》されちゃぁよ……絶対に許せねぇってんだなぁぁ！」

カルドゥヌスが何事か呪文を唱えると、紫色の光にその身体が包まれ、一瞬後にはその姿が掻《か》き消える。

「後悔しろぉぉ！　絶望の淵《ふち》で嬲りつくし、その絶望を無限に啜《すす》ってやるぁぁ！　虫けらの脚をひとつずつ千切るように！　虫けらの脚をひとつずつ千切るようになぁ！」

消える光と共に、カルドゥヌスの絶叫が響き渡り――そして、なにもない空間だけがそこに残った。その一部始終をただ見ていた私の口は、たぶん開きっぱなしだったと思う。

＊＊＊

黒ずくめの変なやつは、目の前で消えた。

「ふん、思い知ったか」

俺は息をついて、あいつを殴った右手をぷらぷらと振った。

「ミヤ！」

背後から呼ぶ声に振り向くと、リネットが駆け寄って来た。

「……大丈夫だった？」

「うん、まあね」

「よかった」

そう言ってリネットは俯《うつむ》いた。

「まったく、なんなんだろう。リネットや羊たちまで巻き込むなんて」

周囲を見回すと、羊たちが俺に向かってメェメェと鳴いた。何匹かはやられたみたいだ。

俺は唇を噛《か》む。

「……ミヤが無事でよかった」

「うん、でも……」

俺は振り返って、焼け落ちた小屋を見た。

羊たちがやられたのも、小屋と牧草地が吹き飛んだのも、俺のせいじゃない。だけど
——なんだか、やるせない気分だった。俺はただ、ここで平和に暮らしていただけだったのに——

「……ちょっと、ねえ君……？」

羊の鳴き声に交じって、別の声がした。見ると、あの魔人となにやらやりあっていた女騎士さんが、こちらに歩いて来ていた。

「えっと……いったいなにをしたの？　どうやってあの魔人を……」

その女騎士さんは口ごもり、そしてはたと気が付いたように俺の手を取る。

「……ちょっと手を見せて!?」

そう言って女騎士さんは俺の手のひらを覗《のぞ》き込んだ。

「……魔導機を持っているわけでもないし、武器を持つような手でもない……一体……」

「……そっち、左手」

「……え？」

女騎士さんは一瞬、きょとんとした顔をしたあと、真っ赤になって俺の手を放り出し、右手の方を取った。

「……えっと、あの……」

「なにもないみたいね……」

女騎士さんは一心不乱に俺の手を見ていたが、急に顔をあげて俺の目を見た。

「うーん、一見、ぼーっとした普通の人っぽく見えるけど……」

「……悪かったですね」

「あ、いや……」

女騎士さんは一瞬目を泳がせたあと、真剣な顔になった。

「あの魔人は魔力級数《レベル》３００００を超えていたのよ？　それを倒したあなたは……？」

「……見ての通り、羊飼いですけど」

「ええ……」

女騎士さんは困惑した顔をする。

「……あの魔人はあのとき、時空相転移魔法《フェーズシフト》を使っていた。あの術は私の円環光輪剣《リング・エクリプス》でも破れなかったのに……なんであなたが殴っただけで、あんな……」

「……それはわかんないけど……」

言葉を濁していると、女騎士さんが俺が逸《そ》らした視線の先に回り込むように言う。

「さっき測らせてもらったけど……あなたの魔力は『ゼロ』だった。いったいどういうこと？　『素民』のあなたが、魔人を倒すなんて……」

「いや、俺はただ迷惑な人をぶん殴っただけで……」

女騎士さんは困惑した表情で俯いてしまった。えっと、どうしよう。そんな顔されても困るんだけど――

「……あーっとそうだ！」

突然、リネットが声をあげた。

「村に行かなきゃいけないのよねミヤは！　早く行かないと！」

「あ、ああ……」

リネットは俺の腕を引っ張った。

「魔人にやられたって、オーナーに報告しないとね！　ほら、行こう？」

「そ、そうだね。そうだった。それじゃ、俺はここで……」

そう言って、俺はリネットと共にそそくさと麓《ふもと》の村へと向かい、歩き出した。振り返ってみると、女騎士さんはそこで呆然とこちらを見送っていた。

2．羊飼いの少年、超魔覇天騎士団へスカウトされる

飛空艇が雲の中を抜けると、逆光になった太陽が青空の中に巨大な影を作り出していた。尖塔《せんとう》が光を浴びて煌《きら》めき、掲げられた旗が風になびく。空に浮かぶ島、そしてその上に築かれた巨大な要塞——超魔覇天騎士団の本拠地、「飛空牙城《ひくうがじょう》」が私の視界いっぱいに姿を現した。

——着いてしまった。どうしようとりあえず帰りたい。いや帰る先があの城なんだけど。

私は甲板の上をぐるぐると歩き回る。

「なにをぐるぐると回ってるんだ、ディーヴィ？」

「ゲイハルさん……」

肩まである黒い髪を揺らし、長身の男が甲板に姿を現した。垂れ気味の目に浮かべた微笑をこちらへ向ける。

「とりあえず落ち着けよ。そんなに回るとバターになるぞ」

「……そうか、バターになれば報告とかしなくてすみますね」

「いや、だから落ち着けって」

ゲイハルは置いてあった樽《たる》のひとつに跨《また》がって座る。

「襲撃を受けたとはいえみんな無事だったんだし、怒られるような要素はないだろうさ」

「……でも今回、私はなにもしていないですし」

「魔獣を倒したじゃないか。お前さんは責任感が強すぎるよ」

「……カルドゥヌスとの戦いの間、ずっといなかったゲイハルさんはそれでいいかもしれないけど」

「こりゃ手厳しいな。ちょっと道に迷ってただけなのに」

「……」

じと目で返す私に、ゲイハルは肩まである黒髪を揺らして肩をすくめる。

「はぁ」

つい、私はため息を漏らした。私、役に立ってないな――

自分が弱いとは思わない。むしろその逆だ。「貴民《きみん》」として生まれ、並の人間よりも遥《はる》かに強い魔力で超魔騎士となって――それだけの力を持っているのに、それが役に立たないんじゃ仕方ない。

私は先ほどの光景を思い出した。っていうかなに？　私よりも、あの羊飼いの少年の方が強いってこと？　なんなのあれ？

「……実際のところ、どう報告したものだろうな？　その羊飼いのこと」

ゲイハルがそう言って頭を掻《か》く。そう、問題はそれ。

「あの少年の魔力級数《レベル》はゼロだった。籠手《ガントレット》が壊れているわけでもないと思うんですけど」

そう言って私は、試しにゲイハルに向けて魔力計測《アナライズ》をしてみる。

魔力属性：物理（特）
魔力級数《レベル》：45321

まったく――と私は思う。こんな人でも、私より強いんだから本当嫌になる。今回、任務を実際に果たしたのもこの人だし。

超魔覇天騎士団ナンバー8・「渦動破壊者《ボルテック・ブラスター》」のゲイハル・ミュリゼル――この人が戦っていれば、あのカルドゥヌスに苦戦することもなかっただろう。

ゲイハルは片手をこめかみに当て、ふむ、と唸《うな》った。

「それがどうやって、魔人卿《ダイモンロード》を倒したのか、か……あのカルドゥヌスってやつ、時空相転移魔法《フェーズシフト》まで使ってたんだろ？」

「なにか見落としているのかな……」

もういや。意味わかんない。

「まあ力を抜けって。そんなの誰でもわからないよ」

「……はい」

飛空艇は飛空牙城の船廠《ドック》へと回り込み、高度を下げて着陸態勢に入った。いくつかの船が並ぶ一角に、肩を並べるようにして船底を降ろす。そしてわずかな衝撃と共に、船が動きを止めた。

「この船の操縦士はいい腕前だね」

ゲイハルがそう言って、舷梯《タラップ》も使わずに船を飛び降りた。私も慌ててそのあとを追い、飛空牙城へと降り立つ。

「騎士《サー》ゲイハル、女騎士《ディム》ディーヴィ、ご帰還！」

飛空船の乗員のひとりが叫ぶと、船廠《ドック》の中で作業をしていた工員や、城で働く者たちが拳を掲げ、敬礼を送る。私もそれに同じ仕草で応え、城の中へと向かった。

「我らが盟主様はどちらに？」

通りがかった使用人に、ゲイハルが気さくに声をかける。若い女の使用人は慌てて居住まいを正し、答える。

「本日は体調が優れないとのことで……」

「そうか。それじゃ報告はまたにするかな……」

ゲイハルは使用人に「ありがとう」と笑いかけた。使用人は顔を赤らめ、軽く会釈《えしゃく》をする。

（たまらないだろうな）

私はなんとなくそう思う。大陸最高の騎士のひとりで、そして眉目秀麗《イケメン》なゲイハルは平民たちからも人気が高い。なにしろごく自然にああいうことをやるから気に入らない。

（小指の第一関節が猛烈に痒《かゆ》くなればいいのに）

ブーツの踵《かかと》を鳴らしながら城の奥へと向かっていくその背中に、地味な呪いをかけながら、私はゲイハルの後を追った。


「やあ、おかえりゲイハル、ディーヴィ」

城の一角、「円卓の間」に足を踏み入れると、そこには既に何人かの仲間たちが待ち受けていた。高い天井の下、正面の壁に帝国の紋章が、そしてその左右には超魔覇天騎士団の象徴、光と闇の六天星が描かれている。

部屋の中央に据えられた円卓の正面に、小柄な男がいた。いや、小柄というよりもそれは、完全に十歳くらいの子どもの姿だ。前に立って歩いていたゲイハルが足を止め、その子どもに声をかける。

「あんたがお出迎えとは、珍しいじゃないか、ワイス？　今日は機嫌がいいのかい？」

「なあに、わしゃいつでも上機嫌よ」

子どもの姿でありながら、年寄りのような口調で喋《しゃべ》るこの男——超魔覇天騎士団のナンバー4・「千年眼理」のワイスがわざわざ私たちを出迎えるなど、確かにほとんど記憶にないことだ。

私もまた円卓の一角に立ち、正面に立った同僚たちを見る。今日、この場にいるのは私とゲイハルのほかに、四人——ナンバー4のワイス、ナンバー2・「素晴らしき《ミラビリス》」シャイ・リーン、ナンバー6・「神剣」のウドウ、そしてナンバー9・「雷足」のレグルゥ。

ゲイハルが前に進み出て、取り出した革袋を円卓の上に置いた。

「このとおり、任務は果たしたよ。やはりあの遺跡の中に隠されていた」

そう言ってゲイハルが革袋から取り出したのは、青白く輝く、小さな六面体の宝石——

「《聖杯》……またの名を『次元塊《フェーズキューブ》』。オリハルコン製の完全正六面体だ」

「ご苦労。まあ、心配はしとらんかったがね」

　ワイスは満足げに頷《うなず》く。

「……ディーヴィもご苦労であった」

　ワイスの隣に立っているシャイ・リーンが口を開いた。長身を真っすぐに伸ばした凛々《りり》しい立ち姿の上で、その蒼《あお》い髪が憂いを帯びて揺れる。

「魔人卿《ダイモンロード》の襲撃を引き付けて《聖杯》から注意を逸《そ》らす……見事な連携よな」

「連……けい……？」

　私はゲイハルの顔を見た。ゲイハルは肩をすくめてみせる。

「……つまり、より成功率の高いやり方を考えてな、その……」

「……それは……」

　――やられた。私があのカルドゥヌスを引き付けている間に、ゲイハルは《聖杯》を運んだわけだ。急に船から姿を消すから、おかしいとは思ったのだけど――

「……っていうか、あなたならあの魔人卿《ダイモンロード》にも容易《たやす》く勝てたんじゃないですか!?」

　私が抗議の声をあげると、ゲイハルはわざとらしく片手をこめかみに当てて言った。

「いやいや、さすがは『三重輝翼《トリスメギストス》』のディーヴィ。超魔騎士の中でも一番の新顔とは思えない、華やかで視線を惹《ひ》き付ける戦いぶりで……」

「……つまり、それを囮《おとり》に使ったと」

「おっと、くわばらくわばら……」

首をすくめるゲイハルを私は睨《にら》みつける。ほんと、唐辛子が鼻の穴に詰まって抜けなくなればいいのに。

「……だが、その策略は意外な結果で終わった、と」

ワイスがそう言ってこちらを見る。

「……随分面白いものに会ったようじゃな？」

――来た。

そう、どうせこのワイスにはお見通しなのだ。伊達《だて》に「千年眼理」の二つ名で呼ばれてはいない。

「……ええ。魔人と、そして……」

私はもごもごと言葉を選ぶ。

「それを殴り倒した……羊飼いの、少年」

「ふむ」

ワイスが頷き、手のひらを差し出して円卓の上にかざした。

「記憶再生《プレイバック》」

呪文《コマンド》に応え、円卓の中央に薄い光の膜が浮かび、そこにあの魔人卿《ダイモンロード》の姿が映し出される。

「魔人の方は十中八九、《聖杯》を狙ってきたものであろう。ゲイハルの策に引っ掛かったということよな」

シャイ・リーンが映像を見ながら言った。ゲイハルは無言で肩をすくめる。

「……問題はこれか」

女騎士はその蒼い髪を揺らし、映し出された映像を見ながら言った。それは、まさに私が見て来たもの——カルドゥヌスとあの少年との戦い。

「確認だがね、ディーヴィ。確かに魔力は感じなかったのかのう？」

「……ええ。本人にも、それに周囲にも」

ちょうど、少年がカルドゥヌスの火球を受けたところが映し出されていた。

「これ……あんたにはできるかい、シャイ・リーン？」

「……あり得ぬ」

ゲイハルの問いかけに女騎士が首を振る。燃えるような蒼い髪が揺れた。

「強力な魔法を防ぐのなら、同じくらいの強力な魔力を使わねばならぬ。それがこの世界の当たり前の理《ことわり》。しかれども、これは……魔法を使って防いだとか、そのようなものではない。あたしにも真似《まね》はできぬ」

「ほっほっほっ、我らが騎士団のナンバー2にして、ありとあらゆる属性の魔術を操る『素晴らしき《ミラビリス》』シャイ・リーンにそこまで言わせるか」

「笑いごとではない」

シャイ・リーンはほう、と息をついて顔をあげた。その美しい髪が揺らめく様が艶《なま》めかしくて、同じ女性の私でさえ目を奪われてしまう。

「あたしやワイスでさえも知らない力……そして『三重輝翼《トリスメギストス》』のディーヴィが貫けなかった敵の術をたやすく貫いた力。それほどの存在を、今の今まで野放しにしていたとはまったく、情けない話」

「うむ、その通りじゃな」

映像は少年がカルドゥヌスを殴った場面になっていた。これもまた、私がこの目で見たとおり――素人《しろうと》が腕を振り回して殴っただけだ。改めて見ると、拳打《パンチ》と呼ぶのもおこがましい。魔法も、技も使った様子がない。

「……我ら超魔覇天騎士団は、母なる帝国の刃縁《じんえん》にして、皇帝陛下の剣なり」

長い髪を後ろで束ねた軽装の男――ウドウがその鋭い目を光らせ、口を開いた。

「それは盟主様に選ばれし究極の騎士。帝国の理想を体現する存在なり。それが……」

ウドウは鋭い目を映像へと向ける。

「このような『素民』に出し抜かれたと？」

ひっ——私は首をすくめる。ごめんなさいごめんなさいごめんなさい。いや別に私悪くないような気がするけど。

「そう、問題はそこよ」

ワイスが眉をあげる。

「魔人を倒すほどの力を持った存在を……このわしが見落としていたことだ」

ワイスの眉間が開いた。それは目と目の間に開く、もうひとつの目——

「この目でわしは、大陸全土を見ておる。いるし、元より魔力級数《レベル》3000を超える者など、数えるほどしか存在してはおらぬ」

「でもワイス、あの少年の魔力級数《レベル》はゼロだったの」

私が言うと、ワイスは口を閉じた。

「……危険だな」

その横からウドウが口を開いた。

「この少年の力は常道のものではない。世の秩序から外れるものだ」

「え……！」

私は驚いて声をあげた。円卓の反対側でシャイ・リーンが頷くのが見えた。

「もしかすると、魔の領域の力であるやもしれぬ」

「ま、待ってください！　それじゃ、この少年が魔人だと……？」

「そうかもしれぬし、そうでないかもしれぬ」

ワイスが静かに言った。

「今回は我らの味方であったが……これがいつ、帝国にとって脅威になるかもわからぬ。事と次第によっては、その力を封印するか……最悪、排除せねばなるまい」

「排除……？」

私はワイスに向かい、言葉を返す。

「で、でも……見たところ、彼はただの羊飼いで、危険だとは言い切れないのでは……」

ワイスは無言で、魔力の映像幕《スクリーン》を消した。その横でウドウが口を開く。

「ただの羊飼いだとしたら、余計に危険であろう。力の使い方を知らない者がこれだけの力を持っているなど、幼い子どもに包丁を持たせているようなもの」

ウドウの目に宿る冷たい光に、私は戦慄した。その横でシャイ・リーンが首を振る。

「世界の理から外れた力を放ってはおけぬ」

「……」

私は唖然《あぜん》とした。あの少年が、魔人？　世界の理を外れた危険な存在――？

「我ら超魔騎士の力は帝国のためにある」

まるで私の心を見透かしたかのように、ウドウが言う。

「民は帝国を構成する大事な要素……だが、帝国そのものではない。我らの紋章、白と黒の六天星は、帝国の威光のため闇を背負い、天にも剣を向ける覚悟の印」

「…………」

「それに、これほどの芸当ができる者はもはや、ただの民ではあるまいよ」

それはその通りだけど――私は胸の中にモヤモヤとした気持ちが渦巻くのを感じた。わからないことが多すぎて、それが割り切れない気持ちになっていく。

「レグルゥ」

ワイスの呼びかけに、それまで黙っていた浅黒い肌の巨漢がその目を開ける。

「ディーヴィと共にこの少年にもう一度会いに行き、その力を見極めよ。もし邪悪なるものであれば……」

「……心得た」

レグルゥは短く答え、踵《きびす》を返して円卓の間を出ていった。ワイスとシャイ・リーン、ウドウらは別の扉から部屋を出る。

「ディーヴィ」

取り残された私の肩に、ゲイハルが手を置いた。

「俺たち超魔騎士はあらゆる法にその身を縛られず、殺傷を含む一切の行動が皇帝陛下の意志として許されている。それゆえに、その判断には責任が問われる」

「……わかっています」

「ワイスの言うことは正しい。だが、どうするかはお前次第だ。我らが盟主様はお前自身の判断を信頼している」

そう言ってゲイハルは円卓の間を出て行き、私はひとりそこに取り残された。

＊　＊　＊

「……うん、これでよし」

ミミの脚に包帯を巻き終わって、俺は言った。

「メエエ」

ミミが鳴いた。俺はその頭を軽く撫《な》でる。あの戦いに巻き込まれて、怪我《けが》をした羊は他にも何匹かいたが、とりあえずはこれでみんな大丈夫だろう。

「みんな無事でよかったね。でも……」

傍《かたわ》らで見ていたリネットが顔を曇らせる。

「ミヤは無事じゃなかったんだよね……」

「うーん、まあね」

小屋が破壊されたと聞いたオーナーは、激怒してその場で俺をクビにしたのだった。別に俺が壊したわけじゃないのに。

「まあ、前から嫌われてたしね。ここの仕事も甥《おい》っ子にやらせたかったみたいだし」

前のオーナーは余所者《よそもの》で身寄りのない俺によくしてくれたけど、去年亡《な》くなってしまった。今のオーナーは前から、得体のしれない俺を追い出したがっていたみたいだ。

「ミヤはこうして、羊たちの手当てまでしてるのに」

「だって、こいつらは悪くないしね」

「メェエ」

ミミの頭をぽんと叩《たた》いて、俺は立ち上がった。

「とは言うものの……これからどうしようかなあ」

羊飼いをクビになった以上、ここにはもう住めないわけだ。ここの生活はけっこう気に入ってたんだけど。

「麓《ふもと》の村に行ったら仕事あるかもよ？」

「うーん、でも村はな……」

リネットは村の人たちと仲がいいけど、正直俺はあまりうまくいっていない。「鬼の子」だと陰口を叩かれてるのも知ってる。

でも、それは仕方のないことだと思う――俺は自分の手を見た。俺は村の人たちとは違う。自分たちと違う力を持った人間を――あるいは、自分たちを殺し得る力を持った子どもを、歓迎しろっていうのはやっぱり酷な話だから。

「メェエ」

俺を慰めるみたいにミミが鳴く。俺はその頭を撫でてやった。羊にとっては俺もリネットも、村の人だって大した違いはないだろう。だから羊飼いの暮らしは気楽だったんだ。

「あ、そういえば」

思い立って、俺は小屋の瓦礫《がれき》へと近づいた。

「どうしたの？　手伝うよ」

「いいよ、危ないから」

リネットを制止して、俺はその作業を続けた。たぶん、この辺に――

「……あった」

しばらく瓦礫と格闘して、俺はようやく目的のものを見つけた。白金色に光る華奢《きゃしゃ》な腕輪――あれだけ激しく破壊された小屋の跡でも、それは傷ひとつなく輝きを放っていた。

「それ、確かミヤのお母さんの……………？」

「うん、まあ一応、形見だしね」

俺はその腕輪を左腕につける。父も母も幼いころに亡くして顔も憶《おぼ》えていないし、家族ということならリネットもいるし、この腕輪にはそれほど思い入れがあるわけじゃない。

それでも、この腕輪はなんとなく持っていた方がいいような気がしていた。

「さて、と……」

俺は立ち上がって伸びをした。山裾から見える景色に目をやる。晴れた青空の下、広がる平原の真ん中に大きな湖と、そこに接した大きな街が見えた。

「……どうせなら帝都にでも行こうかなあ」

帝都——皇帝の居城がある帝国の中心都市。人がたくさん集まる街なら、却《かえ》って気楽かもしれない。

ミミが近寄って来て、俺の脚に身体《からだ》を摺《す》り寄せた。

「お前も一緒に来る？」

「メェエ〜」

「ふふっ」

わかっているのかどうなのか、元気な鳴き声にリネットも笑う。帝都で羊って飼えるのかな。牧草地がないと大変そうな気はするけど——

「……ん？」

と、なにか妙な音がするのに俺は気が付いた。頭上からだ。見上げると、ちょうどそこに大きな影が差し込んで来るのが見えた。

「……船？」

「あ、あれは……」

俺の見上げた先を見たリネットが言う。

「知ってるの？」

「あの日、村の上に来てたのと同じ飛空艇……騎士団の……」

へぇ。それじゃ、あれは——

と、視界の中に豆粒のようなものが現れた。船から飛び出た2つのそれは、みるみるうちに大きくなって、人間の輪郭を形作り——

——タンッ
船から飛んだ二人の人間が、地面に降り立った。すごい、あの高さを生身で飛び降りて、難なく着地した。

「……あ、いた。えっと、ミヤ君……？」

立ち上がった女の人が俺の姿を見てそう声をかけてきた。

「この前の……」

「超魔覇天騎士団のディーヴィ・リエルよ。この間は迷惑をかけました」

女騎士――ディーヴィはそう言って頭を下げた。

「ああ、いや……まあ」

頭を下げられたところでどうにもならないし、厄介ごとはもうごめんだった。

女騎士が頭をあげ、口を開こうとする――と、その後ろからもうひとりの騎士が進み出た。

「これが噂《うわさ》の『無能力者』であるか、ディーヴィ」

女騎士ディーヴィの後ろから、浅黒い肌の大柄な男の人が現れた。身長も横幅も前後の厚みも、全てがディーヴィの倍くらいある。鎧《よろい》と外套《マント》に包んだその分厚い身体を、ぴしっとまっすぐに伸ばした堂々たる立ち姿だ。

「ええ、そうよレグルゥ……魔人卿《ダイモンロード》を倒した人」

レグルゥと呼ばれた分厚い男が前に出た。足を踏み出すたび、「ずしん、ずしん」と音が鳴りそうだ。レグルゥは左手につけた篭手《ガントレット》をなにやら操作し、「魔力測定《アナライズ》」と唱える。篭手《ガントレット》の上に光の膜が現れ、なにかが浮き上がった。魔力によって作動する魔導機の一種なんだろう。さすが騎士、装備も一級品らしい。

「……なるほど、まったく魔力がないのであるな」

篭手《ガントレット》からの光と俺を、まじまじと見比べながらレグルゥは言った。俺はちょっとムッとする。なんだこの人はいきなり。

「少年よ、訊《き》きたいことがある」

レグルゥは篭手《ガントレット》を下ろして言った。

「なんです？」

「強い魔力を持たないお前が、魔人卿《ダイモンロード》をどうやって倒したのであるか？」

うーん、まさに直球。

「……どうやって、ってどういうことでしょう？」

「言葉のとおりである。どうやって倒した？」

「そう言われても……前にそっちの女騎士さんにも同じことを訊かれたけど」

レグルゥはディーヴィの方を振り返り、なにごとか目配せをしてまた向き直る。

「もう一度訊く。どうやって倒したのであるか？」

「いや、えっと……」

俺は困ってしまった。きっとこの人もすごく強い騎士さんで、強い魔力を持ってるんだろう。それはわかる。だけど——

「……言葉で説明しろと言われても……」

実際のところ、説明しろと言われても結構困る。どうやって歩いているか、歩き方を教えろっていうようなものだ。それにそもそも、積極的に使いたい力じゃない。

「メェエ」

ミミが隣で鳴いた。レグルゥはミミを見ながら少しの間、黙っていた。そして——

「なるほど……実に雄弁なり！」

不意にその顔が崩れ、妙な笑い声を立てた。

「……え？」

なんだか嫌な予感がする。

「言葉では説明できない……つまり、その拳で語ろうというわけだな！　貴様の意志、しかと受け取ったり！」

そう言ってレグルゥは身につけていた外套《マント》を脱ぎ捨てた。その下から鍛え上げられた肉体が露《あらわ》になる。その太い腕に血管が浮きあがり、筋肉が盛り上がる。

「騎士とは美学に生きるもの。そして美学とは、言葉では語りえぬもの！　さあ、その拳で、筋肉で！　存分に語り合おうではないかぁぁっ！」

「……いや、そんなこと誰も……」

助けを求めてディーヴィの方を見ると、ディーヴィは頭を抱えていた。

「まあ、こうなるかなとは思ってたけど……こうなっちゃったかぁ」

「いや、こうなっちゃったかじゃなくてさ……」

レグルゥの声が割り込む。

「遠慮はいらぬぞ、少年！」

レグルゥは片足を引き、腰を落として身構えた。

「我こそは超魔覇天騎士団ナンバー9、『雷足』のレグルゥ！　参るぞ、少年よ！」

まるで山全体に響き渡るみたいな声。なるほど、気合は充分っていうわけだ――

「リネット！　離れて！」

そう言って俺はミミを抱きかかえ、リネットの方へ投げた。

「メェ～」

ミミは鳴き声をあげながら飛んでいき、すぽっ、とリネットの腕の中に収まった。そのままリネットもこの場を離れる。これでよし。

レグルゥはその太い腕を、頭上にまっすぐ伸ばし――

「超魔戦技・真空指弾《ソニックフィンガー》！」

手のひらを開き、人差し指をこちらに突きつけるようにして腕を振り降ろす！


――ヴァグァッ！


大気が荒れ狂った。指先から放たれた衝撃波が、俺に襲い掛かり、炸裂《さくれつ》する！

レグルゥはそのままさらに、左右の腕を続けて振るった。

「ふはははは！　我が鍛え抜かれた指先は音の速さを超え！　真空の衝撃波が！　破壊を生むのだッ！　だァッ！　だァッ！」

その太い腕が左右に動くそのたびに、衝撃波が大地が抉《えぐ》り、木々が吹き飛ぶ。こんなの、生身で喰《く》らったら――！

「騎士とはすなわち破壊！　破壊とはすなわち美学！　さぁこの美しき破壊を、どう耐える、少年ンンッ‼」

雄叫《おたけ》びと共にレグルゥが両腕を大きく広げ、身体の正面で合わせるように突き出す――

――ッドォン！

ひと際大きな衝撃の塊が目の前で弾《はじ》ける！

「これに耐えられず、砕け散るならそれまで。さて少年よ、どうであるか？」

衝撃に巻き起こった土煙の向こう側から、ひとしきり撃ち終わったレグルゥの声がした。

「こんだけやっといて、どうだって言われても……」

――まあ、どうせ俺には効かないんだけど。

「……むっ⁉」

土煙の中から無傷で姿を現した俺を見て、レグルゥが片眉をあげた。

「やめませんか？　意味ないと思うし……」

俺はレグルゥに向かって言った。

「なんていうか……たぶんあなたに俺は倒せないと思うから……」

「なるほど、誇りにかけても倒れるわけにいかない、というのだな！　その意気やよし！」

レグルゥの表情がまた崩れた。違う、そうじゃない。

「……ならばこれはどうだ⁉」

レグルゥは一瞬、腰を落として力を溜《た》める。

――ヴンッ

と、揺らめくようにしてレグルゥの姿が消えた――

「……真空指弾《ソニックフィンガー》‼」

次の瞬間、頭上から声が響く！

――ズドムッ！

俺と、俺の周囲に超重量の衝撃波が叩《たた》きつけられ、巨大な窪地《クレーター》が地面に穿《うが》たれる――！

「貴様に正面からの攻撃は無意味……だが、ただ力で押すばかりが吾輩《わがはい》の技ではないぞ！」

レグルゥが言うのが聞こえる。

「我が二つ名は『雷足』。身に纏《まと》うは電磁の魔力。その力で慣性力を殺し、瞬時に地を駆ける……これぞ超魔戦技・雷空転移《サンダーステップ》。死角からの急襲を喰らっては、さすがの貴様も……」

「……うん、今のは確かにすごかった」

「……なっ……！」

抉られた地面の真ん中から、立ち上がった俺を見てレグルゥはその目を丸くした。

「超魔騎士ってあんな風に速く動けるんだ……まったく見えなかったな」

世界最強の騎士が十二人揃《そろ》った帝国の最強集団、あらゆる権限を無制限に許された至高の存在。それが超魔覇天騎士団――その力はやっぱり、伊達《だて》じゃないみたいだ。

「……おのれ！　嬲《なぶ》るか！」

レグルゥは再び両腕を広げた。

「……まだやるんです？」

「当然である！」

そう叫び返すレグルゥの表情はどこか楽しげにも見える。

「戦いとはコミュニケーション、戦いとは相互理解。お互いの『美学』のぶつけ合いの先にこそそれはある！」

「そんなこと言われても……」

こっちにそのつもりがないのに、その「美学」とかを一方的にぶつけられても困る。

「ゆくぞ少年！　吾輩はまだ貴様を理解しておらぬ！」

レグルゥの身体《からだ》に力が漲《みなぎ》っていく。もうこの際、仕方がないか——と、俺は拳を握った。

「待って！」

——と、その間に銀色の鎧《よろい》の背中が割り込んできた。

「そこまでよレグルゥ」

凛《りん》とした声が響く。レグルゥと俺の間に、ディーヴィが割って入っていた。

「ディーヴィ、邪魔をするのであるか！　これは男と男の勝負であるぞ！」

いや、勝手に決めないでほしい。

ディーヴィは首を振り、言う。

「……たぶん、あなたがどれだけ頑張っても、この子には勝てないと思う」

「なに……!?」

ディーヴィは俺の方を見て言った。

「真空指弾《ソニックフィンガー》は超音速の衝撃波を叩きつける技……その威力は大地を穿ち、鉄板くらいは容易に斬り裂く。でも……あなたの放った技はこの少年の服さえも傷つけることができていない。これじゃ美学どころじゃない」

「……ぬぅ……！」

「あなたがあの武器を持てばまた違うかもしれない。でも……問題はそれだけじゃない」

ディーヴィは続ける。

「見て。彼は周りの羊たちを巻き込まないようにちゃんと考えて動いてる」

「…………！」

レグルゥは俺の方を見て目を見張った。

「あの傷の手当ても、あなたがしたんでしょう？」

ディーヴィはミミの方を指して俺に言った。

「やっぱり私には……この人が魔人だなんてとても思えない」

そしてディーヴィは俺の方へと向き直り──いきなり頭を下げた。

「……また迷惑をかけてしまってごめんなさい。これには事情があるの」

ディーヴィは顔をあげ、俺の方を見て言う。

「魔人を殴り倒し、レグルゥの攻撃で傷ひとつつかない……あなたの力は我々の常識を逸している。私たち超魔覇天騎士団が手に負えないような力を放ってはおけない……それはわかってもらえる？」

「…………」

　俺が黙っていると、ディーヴィは言葉を続ける。

「私たちは大陸最強の力で魔獣や魔人と戦うのが務め……言い換えれば、力を持った存在を監視するのが責務とも言える」

　ディーヴィはレグルゥと俺とを見比べた。

「私たちは皇帝の代理人として、あなたの力を放っておくことができない。だけど、あなたみたいに穏やかな人を監視したり、排除したりするのは間違った行いだと私は思う」

　ディーヴィはそこで言葉を切り、俺の目を正面から見た。そしてゆっくりと息を吸い――口を開く。

「ミヤ君、私たちと一緒に来て。超魔覇天騎士団の仲間たちに……そして私たちの盟主様に会ってちょうだい」

「えっ……？」

　俺とリネットが同時に驚き、そのあとにミミの鳴き声がメェ、と続いた。そしてレグルゥが声を荒げる。

「……ディーヴィ⁉　一体なにを言い出すのだ」

「レグルゥ、これは彼への敬意よ……目の前にいるのはあなたほどの騎士が倒せなかった相手であり、あなたを力ずくで叩きのめすこともしなかった人。その気になればきっとできるのにね。羊を守って手を出さなかった」

ディーヴィはそう言って再び、俺を見る。

「あなたにその気があれば、騎士団に推薦することもできる。そうすればしっかりとした収入も提供できると思うし……どうかな？」

「…………」

俺は黙っていた。驚いていたのもあるが、どう反応すればいいかわからなかったのだ。そんなことを言われたのは初めてだったから。

横からレグルゥが口を出す。

「ディーヴィ、ただの羊飼いに超魔騎士が務まると思うか？」

「そうね……この国で強大な力を持つ者はみな騎士の家系で、生まれつき高い魔力級数《レベル》を持っている。私も、あなたもそうだものね。だけど……」

そう言ってディーヴィはレグルゥの方を見る。

「高貴な生まれには崇高な精神が伴い、強い力を持ってても許される……私たちはそう思っているけど、そんなの誰が決めたの？　たまたまそうなっているだけじゃない？」

「…………」

「そうでない者が現れたのなら、それに向き合わなければならない。未知の力に立ち向かうのは騎士の大事な務め。それは戦うことだけではないはずよ」

そう言ってディーヴィは、再び俺の方を向いた。

「どう、ミヤ君?」

そう訊《き》かれて俺は戸惑った。

「えっと、その……急に言われても……」

俺は傍《かたわ》らにいるリネットとディーヴィとを見比べた。

「えっと、つまり……この前確かに魔人を倒したけど、でもそれってあなたたちみたいな騎士の強さじゃなくて、なんていうか……」

俺はしどろもどろになりつつも、自分の感情を表現する言葉を探した。

「……俺がなにかすると、普通の人たちが迷惑するから……」

俺はディーヴィとレグルゥから目を逸《そ》らした。気まずい沈黙が流れる。そうだ、俺の力は呪われた力——世界のルールから外れた力なのだ。だから——

「……そうだよね、強いってことは寂しいよね」

——と、ディーヴィが沈黙を破った。

「……え?」

訊き返した俺の声が聞こえたのかどうか、ディーヴィは顔をあげ俺の目を見る。

「ミヤ君、これだけは言わせて。それが倒すべき敵であろうと、なかろうと……力ある者を孤独にしておかないため、私たち超魔覇天騎士団はあると、私は思う」

そしてディーヴィは背中から、三本の剣を抜き放った。

「証明しないとね、私たちがあなたを孤独にしないこと……対等に話し合えるってこと」

「……そんな……」

俺は思わず身構えた。ディーヴィは高らかに声をあげる。

「私はディーヴィ・リエル。超魔覇天騎士団のナンバー12にして、辺境伯オズマ・リエルの娘。念動力《キネティック》の魔力を操り、この三本の機動剣《リープソード》を得手としています」

ディーヴィの後ろから、レグルゥが叫ぶ。

「ディーヴィ、正気であるか？」

「もちろんよ。ミヤ君の力は超魔覇天騎士団に必要なもの。そして超魔覇天騎士団はミヤ君に必要なもの。だからまずは私たちのこと、ミヤ君にわかってもらわなくちゃ」

三本の剣がディーヴィの周囲に浮き、旋回し始めた。

「勝負よ、ミヤ君。私の剣があなたに届いたら……私のお願いを聞いてもらえる？」

「…………」

「そうすればきっと、わかってもらえると思う。世界があなたを孤独にはしないってこと」

ディーヴィは真剣な目つきで言った。

「今の私には、これしか思いつかないから」

どうも本気みたいだ――俺は息を呑《の》む。リネットも固唾を呑んでいるのがわかった。ミミもその気配を察してか、再び俺から離れていった。

「……いきます！」

ディーヴィがそう言って、手を振った。剣の一本が飛び、俺の目前に迫る――！

「…………ッ！」

俺はその剣に向かって手のひらをかざした。俺の手のひらの前で、剣が静止する。

ディーヴィが手に力を込める。しかし、剣は見えない壁に阻《はば》まれたようにその場から動かなかった。

「……くっ……！」

「むうううッ！」

ディーヴィは歯を食いしばり、機動剣《リープソード》に魔力を込めたが、剣は俺の手のひらに切っ先を突きつけたところで止まっていた。俺はそのまま、口を開く。

「俺は負けることができないだけなんだ。騎士団に誘ってくれるのとかは嬉《うれ》しいけど、そういうのは……」

「……くっ……そぅ……！」

ディーヴィはさらに力を込めた。空中に据えられた剣が震える。

「なんで、そんな無駄なことを……？」

「無駄なんかじゃないの！」

ディーヴィは宙空に固定された剣に力を込めながら言った。

「勝つとか、負けるとかじゃない……私たちはあなたという存在から目を逸らしはしない」

「……え……？」

「想像を超える未知の力が、この世界には存在している。それを恐れない者もまた、この世界にはいる。それを示すことが私たち超魔騎士の務め……！」

俺の目とディーヴィの目が合った。この人たちは、一体どうしてそんなにまでして——

「……っはぁっ！」

ふと、ディーヴィが崩れ落ちた。剣もそのまま地に落ちる。ディーヴィは激しく息切れをしていた。全力の念動力《キネティック》で剣を押し込み続けていれば、そりゃ息も切れる。

　ディーヴィは肩を揺らしながら、また口を開く。

「……私たちは一度、あなたを恐れた。その恥は雪《そそ》がなくてはいけない」

「……恐れた……？」

「恐れとは無知であること。知り得ることを恐れてはならない。だから……」

　ディーヴィは立ち上がり、正面から俺を見た。

「ミヤ君、あなたのことを私たちに教えて？」

　その深く澄んだ瞳の色に、俺は一瞬、目を奪われていたと思う。

「………」

　俺はなにげなく目を逸らし、手のひらを目の前に広げて見せた。

「……え？」

　ディーヴィが間の抜けた声をあげた。俺の手のひらの真ん中に赤い点が生まれ、そこから僅かに血が流れていたからだ。

「……これって……」

「……俺の負けみたいです」

　ディーヴィは俺の顔を見上げた。俺は手のひらを下ろす。

「……正直、なぜあなたがそこまでするのか、よくわからないけど……でも、本気なのは

わかりました。一緒に行けばいいんですね？」

ディーヴィはしばらく、地に落ちた剣と俺とを見比べて——そして呟《つぶや》くように言った。

「……ありがとう」

「いえ、勝負の結果だから」

傍らからリネットが駆け寄って来る。

「ミヤ……！」

「リネット、ちょっと行って来るね」

「……うん」

リネットは頷《うなず》き、ディーヴィとレグルゥに頭を下げた。

——こうして俺は、ディーヴィとレグルゥと共に飛空艇に乗り込み、超魔覇天騎士団の本拠地・飛空牙城《がじょう》へと向かうことになった。

＊　＊　＊

「ぎぃっひひひ……痛《いて》えなぁ、痛えなぁおい……」

魔人卿《ダイモンロード》・カルドゥヌスは、貫かれた背中を庇《かば》いながら次元の狭間《はざま》に身を潜めていた。

「あの力……あんな力、味わったことねぇ……ひひひ、たまんねぇなぁ……」

あの少年の拳——あのちっぽけな拳が腹に当たった瞬間の感触。まるで身体《からだ》の中を、あの拳が通り抜けたような感触。腹を突き抜け、背中が破れるあの力——

「魔王様ぁ……魔王様よぉぅ……」

カルドゥヌスは自ら恃《たの》むその絶大な存在へと祈るように言った。

「なんでだよぅ……あんなのがいるって、教えてくれなかったじゃねぇかよぉ……」

魔王の言うことは絶対だ。それに従えば間違いない——それに従えば気持ちいい。それが魔人卿《ダイモンロード》にとってありのままの世界の姿だ。全知全能の存在、絶対の破壊神。その魔王様が、あいつのことを知らなかった——

「……魔王様の意志を疑うことは許さないよ」

と、別の存在がその傍らに現れる。それは幼い人間の女の姿をした存在。陶器のように白い肌に、ふわりとした生地のドレスを身に纏《まと》い——そしてその両腕に老人の首を抱えていた。

「油断したな、カルドゥヌス」

少女の傍らに、法衣《ローブ》を纏った男が姿を現す。フードの奥で6つの紅《あか》い瞳が光った。

「……戦いもせず逃げかえって来たやつに言われたくないぜぇ？」

フードの魔人はそれに答えず、口元をただ歪《ゆが》ませて笑う。

「カルドゥヌスよ」

少女の抱えた老人の首が口を開いた。

「やつらの手に入れた《聖杯》は都へと向かう……必ず奪取するのだ」

「ちょうどいいんじゃないかな。まとめてぶっ潰しちゃおうよ」

老人の首の上で、少女のあどけない顔が笑った。

「キミもせっかく瀕死になったことだしさ」

「ヒ、ヒヒ……人使いが荒いなぁ、コルヴァリウスよぉ……」

「ちゃんとボクも協力するよ。とっておき用意しちゃう」

少女は小指を口元にあて、わずかに顔を赤らめる。

「あの都を一気に潰すなんてさ……きっと最高に気持ちイイよ？」

「フヒヒ……そうだなぁ、きっと最高だよなぁ」

カルドゥヌスは絶え絶えに呼吸をしながら、笑った。

「ククク……魔王様が再臨し、『紅の世紀』が訪れればその快感は今の比ではないぞ？」

老人の首が言った。

「そして、そのためには……お前の会ったというそのガキも邪魔になるな、カルドゥヌス？」

「……あいつは存在しちゃいけないやつだよね」

少女が真顔になる。カルドゥヌスはまた笑った。

「そうだ、その通りだぜ……」

自分を瀕死に追い込んだあいつを、今度はこっちが蹂躙《じゅうりん》する。あいつだけじゃない。

あいつが守ろうとしたやつもだ。

そうだ、それはきっと、最高に気持ちがいいことだ――カルドゥヌスは笑った。

3. 羊飼いの少年、超魔騎士と決闘する

「おおー、すごい」

晴れた雲の隙間から見えた光景に、俺は思わず声をあげた。

青い空の中に浮かぶ、巨大な城——俺の乗った飛空艇より、さらに何倍も——何十倍も巨大な、空飛ぶ島。

「あれが私たちの本拠地、飛空牙城よ。自分の城を持っている騎士もいるから、全員が揃《そろ》っているわけではないけど……」

ディーヴィが隣に立って言った。俺は生まれて初めて目にするその壮大な光景に、正直釘付《くぎづ》けだった。それにしても、あんなデカいものが宙に浮いて大丈夫なのかな。飛空艇でさえ不安なのに——

「飛空牙城は我らの盟主・セヴィーラ様の魔力をその中核塊《コア》に受け、空を旅するの」

ディーヴィが俺に向かって説明をする。

「偉大なる古代の遺産《グレート・レガシー》……あの飛空牙城はそのひとつであり、街ひとつを丸ごと消し去る

威力を誇った超兵器だったと言われてる。セヴィーラ様は千年の昔からそれを受け継ぎ、今に伝えている御方よ」

「ふぅん……」

生まれながらそんな強大な力を受け継ぐ――それって一体、どんな気分なんだろう。

「着陸態勢に入るぞー！」

操舵《そうだ》席から声が響き、飛空艇が揺れた。

「……きゃっ⁉」

足元の揺れにふらついて、俺は手をつく――と、その手の先になにか、柔らかいものが触れる。あれ？　これってもしかして、おっ――

「……きゃああっ！」

――べしっ

「ぎゃっ⁉」

ディーヴィの平手に吹き飛ばされ、俺は甲板に突っ伏した。

「あ、ごめん！　大丈夫？」

「い、いや、今のは俺が悪いから……」

ディーヴィは俺を助け起こして——そこでふと、不思議な顔をした。

「……どんな力も傷つけることはできないんじゃないの？」

「ああ、うん、まぁ……ダメなときも、ある」

「ふぅん……」

釈然としない様子のディーヴィから俺は目を逸《そ》らしてなにげなく話を誤魔化した。そのまま飛空艇は船廟《ドック》へ向かい、高度を落としていった。

＊＊＊

先ほどまで乗っていた飛空艇が丸ごと入るんじゃないか、というくらい広く、そして天井もやたらと高い広間《ホール》。石造りの壁には継ぎ目がなく、派手な装飾はないながら全体が不思議な統一感に包まれた空間だ。透き通った天窓から差し込む陽《ひ》の光に、玉座が照らされてきらきらと光っていた。

「ようこそ、ミヤ・キネフィ君」

玉座の脇に立った小柄な男が声をかけてきた。

「あ、どうも……」

俺は足を止めて、そこに待ち受けていたものを見た。

空の玉座の左右に、何人かの男女がいる。体格も、見た目もバラバラ。姿勢を正している者もいれば、しゃがんでいる者もいる。身につけた鎧《よろい》や法衣《ローブ》、外套《マント》も統一感がなく、それぞれに好きな格好をしているといった風だ――ただ、その身体のどこかに、白と黒が重なった二重六天星の紋章を身につけているのだけは共通していた。

がらんとして巨大な広間《ホール》の中に、たった数人。それも、傍《はた》から見たら奇妙な格好の変な人たち――でも、たぶんこの人たちはそれぞれ、恐ろしい力を持っているのだ。これが帝国の最強戦力・超魔覇天騎士団――

「ふうむ……なるほどな。こいつは興味深いのう」

先ほど声をかけてきた小柄な男が、前に進み出て俺のことをじろじろと眺めた。

「えっと……？」

近くでよく見ると、それは小柄な男というよりも、子ども――？

「わしは超魔覇天騎士団の4番手、ワイスと申す者。よろしくのう」

ワイス、と名乗った子どもが言った。

「あ、えっと、すいません」

なにを考えてるかバレたのかもしれない。つい謝ってしまったけど、ワイスは気にも留めない様子で話を続ける。

「そしてディーヴィ……わしらはお主の判断を尊重する。見事に使命を果たし、この者をここに連れて来てくれたのう」

ディーヴィは無言で頭を下げた。その後ろからレグルゥが前に進み出て、騎士たちが並ぶのに加わる。

「今、この城には騎士団の半分しかおらぬ。他の面子《メンツ》は自分の領地にいたり、任務でこの地を離れておる」

「はあ……」

俺はそこに並ぶ騎士たちの姿を見まわした。ワイスを入れて、並んでいるのは五人。波打つ黒い髪を肩まで垂らした男、蒼《あお》い髪のすごく美人な女の人、ゆったりとした衣を纏い、髪を後ろで一本に縛った鋭い目の男、そして分厚い身体《からだ》のレグルゥ。

ワイスがまた口を開く。

「お主の戦いぶりは見せてもらったよ。いやいや、レグルゥが指一本触れられぬとは、見事なものじゃ」

「……え？　見てたって、どうやって？」

「ほっほっほっ、相手の魔力を測る力には欠けているようじゃな」

そう言うとワイスは、俺の顔を見て――そしてその眉間に、小さな目が開いた。

「……ッ！」

「申し遅れたのう、わしの二つ名は『千年眼理』……この大陸でのことなら、大抵のものは見聞きすることができる」

「な、なるほど……？」

「しかし……お主の力はよくわからんのう。確かに魔力は感じぬが……」

じろじろと身体を眺めまわされると、さすがに居心地が悪い。どうしようかと思っていると、ワイスは目線を外して一歩後ろに下がった。

「……ま、試してみるとするか」

ワイスは振り返り、蒼い髪の女騎士を見た。女騎士はそれに頷《うなず》き、口を開く。

「『試しの柱』をこれへ」

女騎士の凛《りん》とした声が広間《ホール》に響いた。と、従士たちがなにやら大きなものを台車に載せ、運んでくる。溝の刻まれた、人の頭の高さほどもある、白い円柱のようなもの――

「せっかくここまで来たもらったのだ。その力、詳しく調べさせておくれ」

そう言ってワイスは柱に近づき、手を触れる――と、柱に刻まれた溝が輝き出し、その周りに薄い膜のような四角い光がいくつか、浮かび上がった。

「魔導篭手《ガントレット》による魔力測定《アナライズ》では、大体の魔力級数《レベル》と属性しかわからぬが、この『試しの柱』ならばもっと詳しい特性を調べることができるでな」

浮かび上がった薄い光の膜の中に、文字や数字、そしてなにかの図形が浮かび上がった。

「ディーヴィ、お手本を見せてやってくれ」

「え？　ああ、はい……」

突然話を振られたディーヴィが、戸惑いながら円柱に近寄る。そして、その前面についた平板《プレート》に手のひらを乗せた――


――ヴンッ！


円柱が放つ輝きが、にわかに強くなった。その一部が分離し、本体から離れて浮き上がる。輝きがディーヴィに逆流《フィードバック》していくのが見えた。浮き上がった円柱のパーツが、白い光と共に震える。ディーヴィの背中に、三枚の光の翼が現れた。

薄い光の膜の上で、直線や曲線が激しく動き、文字と数字がくるくると切り替わる。やがてそれは、なにか意味のある形へと集束していった。

「……魔力級数《レベル》３４２５６。腕を上げたのう」

ワイスが楽しげに言った。薄い光の小窓の中に並んでいる情報を覗《のぞ》き込む。

「魔力属性は主に物理だが、光と風の魔力も標準以上、と……」

ワイスは光膜映像《スクリーン》に指で触れ、表示を切り替えていった。

「念動力《キネティック》の精密性はAランク、スピードとパワーも申し分ない。同じ物理系の魔力でも、念動力《キネティック》だけならゲイハルを凌《しの》ぐ日も近いかもしれんな」

「おっと、それは聞き捨てならないな」

波打つ黒い髪を肩まで垂らした男が、そう言って進み出た。

「さすがにまだディーヴィには負けないつもりだよ」

こめかみに片手を当てながら、その男――ゲイハルはディーヴィとその場所を交代し、円柱の平板《プレート》に手のひらを押し付ける。


――ヴォッ！


また、円柱が光り出した。その一部分が浮き上がり、今度はぐるぐると回転を始める。

光膜映像《スクリーン》が再び激しく情報を表示し始める。

「ちょっ……ゲイハル⁉」

浮き上がった石の回転は激しく、速くなり、その半径を広げていった。円柱を運んできた従士たちが慌てて首をすくめ、床に伏せる。さっきのディーヴィの時とは違う、激しい魔力の奔流――！　中央の円柱本体もまた震え、魔力の光を激しく放った。

「ちょっと、もう……わかった！　わかったから！」

ディーヴィが叫んだ。光膜映像《スクリーン》がその情報をせわしなく切り替えながら表示していく。

魔力の奔流と、瓦礫《がれき》の渦はますます激しくなり――と、不意にその嵐が、やんだ。

「……相変わらず大雑把な能力だ。もう少し制御できんのか」

円柱を挟んでゲイハルの反対側に、もうひとりの男が立っていた。黒い髪を後ろで束ね、ゆったりとした服を纏《まと》った鋭い目の男だ。円柱の反対側についた平板《プレート》に手を当てている。

その魔力が作用しているのか、宙を舞っていた石はその場に微動だにせず、静止していた。

ゲイハルはため息をつく。

「なあウドウ、魔力ってのは内なる情動が現れやすいのさ。俺の燃えるハートはどうも隠しきれないようだ」

「大いなる力を制御してこそ騎士だ。心の乱れが魔力に現れるなど、以《もっ》ての外《ほか》」

ウドウ、と呼ばれた男が鋭い目をゲイハルに向ける。

円柱を間に置き、視線を交わすゲイハルとウドウ。その傍《かたわ》らで、蒼い髪の女騎士が光膜映像《スクリーン》を覗き込む。

「ゲイハルの魔力級数《レベル》は４５３２１……ねぇ、これ、ウドウを超えたのではないこと？」

「……なっ⁉　そんなはずは……」

ウドウが声をあげると、宙に浮いた石は床に落下した。ゲイハルがニヤリ、と笑う。

「……乱れたぞ、心が」

「う、うるさい！」

黙って見ていたレグルゥが柱に近づき、もう一方の光膜映像《スクリーン》を覗き込む。

「ウドウの魔力級数《レベル》は……４１３８６。ゲイハルの方が上であるな」

レグルゥが告げるとゲイハルは鼻を膨らませた。ウドウはむすっとしてゲイハルを見る。

「貴様、なにかしたな？」

「なにをしたってんだ。いいから俺にナンバー6を譲りなよ」

「……超魔覇天騎士団のナンバーは魔力級数《レベル》の順列ではない」

俺は離れたところでその様子を見ていた。なんか楽しそうだな、この人たち。

「さて、と」

ワイスが顔を上げ、こちらを見た。

「そろそろ本題といこう。やり方はわかったな？」

「え？　あ、まぁ……」

他の騎士たちが場所をあけ、俺と円柱を遠巻きにした。

俺はちょっと気後れしながら円柱へと歩み寄る。近くで見上げると、円柱は白い石のようなもので出来ており、幾何学《きかがく》模様のような溝がその表面に走っていた。目の高さには、手のひらほどの大きさの平板《プレート》が突き出ている。えっと、確かここに――

俺は腕を伸ばし、手のひらを広げた。それを平板《プレート》へと押し付ける――

――ッ

「…………」

なにも、起こらなかった。

溝は光り輝かないし、柱の一部が浮き上がりもしない。震えて音を立てることもなく、光膜《スクリーン》映像にも一切の反応がなかった。

「……これ、壊れてますか？　さっきのが凄《すご》かったから、それで故障しちゃったとか……」

「そんなはずはないと思うぜ？」

後ろからゲイハルがやってきて、平板《プレート》に触れる――と、円柱はまた輝きだした。

「んと……」

ゲイハルが後ろに下がり、俺はまた平板《プレート》に触れる。やっぱり、なにも起こらない。

「……まったくの無反応、か……」

ワイスが顎に手をやった。

「これはもしや……いやまさかのう……」

注がれるその視線から、俺はなにげなく目を逸《そ》らす。

「……俺はただの『素民』ですから」

「ふむ……ならば今のところは、そういうことにしておこうかの」

ワイスがそう言うと、その隣にいた蒼い髪の女騎士が、ほう、と息を吐いた。

「ずいぶん楽しそうね、ワイス」

「ほっほっほっ、いやはや、長生きはするもんじゃな、シャイ・リーン？　こうなったら、ぜひともここに留《とど》まってもらいたいところだのう。いろいろ実験もしてみたい」

その後ろから、ディーヴィが慌てて口を挟む。

「ちょ、実験って⁉」

「なんじゃディーヴィ、お主が連れてきたんじゃろ？」

「実験材料を連れてきたわけじゃありません！」

「どう思う、シャイ・リーン？」

「……あたしは、まぁ、どちらでも……」

蒼《あお》い髪の女騎士は、ちらりと俺の方を見てそう言い、すぐに目を逸らしてしまった。

「ふうむ……それでは改めて、みなの意見を聞くとしよう」

ワイスは並んで立つ騎士たちに向かい、問いかける。

「すなわち、この者を我ら超魔覇天騎士団の同胞として、迎え入れるべきか否《いな》か？」

「え……」

ちょっと待って。俺は騎士団に入るなんて言っていないのだけど——

「俺は賛成だよ」

ゲイハルが言った。

「魔人卿《ダイモンロード》を一撃で打ち倒す力……心強いし、それになんだか面白い子じゃないか」

「……黙っていろゲイハル。お前の言葉はいちいち軽すぎる」

ウドウが横から言った。ゲイハルは肩をすくめる。

「手厳しいな、先代のナンバー6」

「ナンバー6は譲っていない！」

「……ディーヴィ、そなたに訊《き》こう」

大の男がいがみあっているのを横目に、シャイ・リーンが声を発する。ディーヴィがそれに応えて俺の横に進み出た。

「この者をここへ連れて来たお主の真意を問う」

「……この少年は強大な力を持っております。それは周知のとおり」

ディーヴィがそれに答え、言う。

「しかし、その力は異能のものであり、魔力級数《レベル》では測れない力。我々の常識を超えた力……傷ひとつ負うことなく、魔人さえ倒してみせるこの者の力を、皆は放っておくことができないと言った。場合によっては排除するべきであるとも」

——そんな話になってたのか。内心で俺はさすがに少し動揺する。

ディーヴィは話を続ける。

「しかし、この者に悪意はありません。罪を犯していない者の自由を奪い、その身体《からだ》を傷つけるような振る舞いは、騎士団の誇りを傷つけるものです」

「……一理あるな、ワイス？」

ゲイハルが声をあげた。

「敵になるのを恐れるくらいなら、味方にしちまった方がいい。そういう話だ」

「ゲイハル、それだけの理由では、超魔騎士の紋章を背負わせるに足りはせぬ」

ウドウが横から口を挟む。

「力を持った者は、その力を正しく行使する責任がある……その責任が負えぬ者はその力に振り回され、同胞を傷つけ身を滅ぼすやもしれぬのだ」

「だからその力を監視するべきだ、と?」

問いかけたワイスにシャイ・リーンが答える。

「監視などせずとも……どんな力の持ち主であろうと、もし帝国に害なす力ならあたしが排除する。それでよいのではなくて?」

眉ひとつ動かさずに言ったその言葉に込められた自信と迫力――他の騎士たちは一瞬、表情を引き締めた。

「ま、俺らの手に負える力ならそれでも構わんな。レグルゥだって、神器を解放してはいなかったんだろ?」

「……問題は、その力の正体がわからないことだ」

ゲイハルが発した言葉に、ウドウが答えて言った。その目がレグルゥを見る――レグルゥは先ほどからひと言も発さず、そこに立っていた。

「ならば、改めて問おう。ミヤ・キネフィ君……そなたの力とは、いったいなにか?」

ワイスがその後を引き取って言う。その場の全員がこちらに視線を向けた。

「超魔騎士が一柱、レグルゥが指一本触れられず、魔人の身体を貫いてみせるその力……

そして、『試しの柱』にさえ表れぬその力。魔力級数《レベル》ゼロの『素民』であるそなたになぜ、
そのような真似《まね》が可能なのか。その回答次第では、我らも腹を据えねばならぬ」

俺は目の前に立ち並ぶ人たちを見回した。世界最強の騎士たちから、一斉に注目を浴び
ているというこの状況。本当、なんでこんなことになったんだっけ。

「えっと、俺はただの羊飼いで、その……」

口の中で慎重に言葉を選ぶ。

「……魔人を倒したりしたのも……なんていうか」

どうしよう、なんて言おう。

「……たまたま？」


——沈黙。


しまった、と俺は思った。答え方を間違えたかもしれない。

騎士たちは無表情にこちらを見て、口をつぐんでいる。その中でひとりだけ、ゲイハル

は下を向き、肩を震わせて笑っていた。

「……やはり、この者は違う」

——と、野太い声が響いた。その声を発したのは、浅黒い肌の分厚い男——レグルゥだ。

「この者には『美学』がない。自らの強さに対する矜持《きょうじ》と責任がない。いくら強くとも、そのような心の持ち主が帝国の刃縁《じんえん》たる超魔騎士になれるはずもない」

レグルゥが前に進み出る。

「力を持つ者には責任が問われる。自らを律する美学を持ち、相応に振る舞うことが求められる。それがわからぬこのような浅ましき者に、騎士が務まるとは思えぬ」

レグルゥがその分厚い身体をそびやかし、俺の前に立ちはだかる。他の騎士たちは静かにその様子を窺《うかが》っていた。

力を持つ者の責任、か——俺は思わず頭を掻《か》いた。

「……確かに、俺そういうのよくわかんないです」

俺がそう言うと、レグルゥはわずかにその太い眉を動かした。俺は言葉を継ぐ。

「望んでこういう力を持ったわけでもないし、俺はのんびり暮らせればそれでよくて……なんていうか、力があるからなにかをしてやろう、みたいなのとかって、どんなに言葉を飾っても、力を持たない人たちにとっては暴力でしかなくて……」

「……我らの行いを暴力だと申すのか」

レグルゥは組んでいた腕を解き、両脇に垂らした。その身体に緊張感がみなぎる。

やっぱり来なければよかった、と俺は思った。でも今さら仕方がない。口に出した言葉は正直な気持ちでもあったし、こうなったらもう――

「……各々《おのおの》がた、お静まりいただきますよう」

不意に、声が響いた。さほど大きな声ではない、むしろ静かな声。それが天井の高い広間《ホール》になお、すみずみまで響き渡った。

「……えっ？」

声のした方を見ると、いつの間にかそこに小柄なメイド姿の少女が立っていた。

「セヴィーラ様がお見えになります。ご無礼のなきようお迎えくださいませ」

「……ッ！」

メイドが告げた瞬間、小高い山のようにそびえていたレグルゥが、不意に片膝をついた。

ゲイハルが、ウドウが、シャイ・リーンが、それぞれに素早く、静かに、優雅に、膝をついた。慌てて膝をついたディーヴィの向こう側で、ワイスがゆっくりと膝をついた。

「……みな、楽にしてください」

　天から降って来るような声がして、俺は目線をあげた。先ほどのメイドさんが控えている広間《ホール》の床からひとつ、高くなったところに置かれた玉座の前に、その人物が立っていた。

　俺は立ったまま、目を丸くしていた。世界最強の騎士たちが、一斉に膝をつくその人物――それが、髪も、身に纏《まと》った衣も、そしてその肌も、あらゆるものが白く透き通った少女だったからだ。

「……あなたがミヤ・キネフィですね？」

　白い少女が声を発した。その声までもが透き通った白さだ。しかもその歳《とし》は俺やリネットと同じくらいに見える。

「わたくしはセヴィーラ。この飛空牙城《がじょう》の主《あるじ》であり、超魔覇天騎士団の盟主です」

　この騎士団の盟主？　この女の子が？

　俺は面食らってしまっていた。世界最強の騎士団の主が、こんなにふんわりとした女の子だなんて。

　しかし――俺はすぐに、その事実をなんとなく受け入れていた。なぜなら、この子が少ししゃべっただけで、先ほどまでの張り詰めた空気が一気に透き通ってしまっていたからだ。まるで、この子がそこにいるだけで場を支配しているような、そんな雰囲気。その佇《たたず》まいも、口調も、少しも圧を感じさせないのに——

セヴィーラがゆっくりと、言葉を継ぐ。

「あなたの話は聞いています。魔人卿《ダイモンロード》を……そしてレグルゥをも退けたそうですね」

「……ええ、まあ」

俺はちらりと横のレグルゥを見た。レグルゥは無表情のまま片膝をついていた。

「強いのですね」

そう言ってセヴィーラは微笑を浮かべた。それはとても無邪気な——そう、まるでリネットみたいに無邪気な笑顔で、俺は思わずその顔をまじまじと見つめてしまった。

「ディーヴィがあなたを我らの仲間に迎えたいと言っていると聞きました」

「……え、あ、はい」

言われて俺は我に返り、また顔を伏せた。今まさにそれで揉《も》めてたんだけど——

「超魔覇天騎士団の栄《は》えある騎士であるディーヴィの意志は、すなわちわたくしの意志でもあります。しかしながら、それに反対する者たちの意志もまた、わたくしの意志です」

「セヴィーラ様」

ディーヴィが声を発した。

「ミヤの力は絶大なもの。同時に規格外《イレギュラー》なものでもあります。我らの常識では測れません」

「……ええ、そのようですね」

ディーヴィは息を呑《の》み込み、そしてセヴィーラに向かって顔を上げる。

「だからこそ、迎えるべきだと私は考えました。なぜなら、我らの使命はまさに、そうした規格外の力に立ち向かうことであるから」

ディーヴィは真剣な面持ちだった。他の騎士たちも、黙ってその言葉を聞いている。

「ディーヴィ……」

セヴィーラは、ふっと力を抜いて、ディーヴィに言う。

「きっとあなたのことだから、それだけではないんでしょう？　強さだけではなくて、他にも理由があったのではない？」

「え……！　あ、はい……！　その……」

ディーヴィが慌てて、目を泳がせた。

「いいのですよ。あなたの心を動かしたこと……わたくしにそれを聞かせてください」

「えっと……そう……」

ディーヴィはもじもじとしながら、ちらっと俺の顔を見た。

「羊が……」

「羊？」

ディーヴィは顔を赤くして頷《うなず》く。

「うまく説明できなくてすいません……でも、羊がとても、懐《なつ》いていたの……ミヤ君に」

その場にいた騎士たちがみな、きょとんとした顔をした。ひとり、長い黒髪のゲイハルだけがくすくすと笑っていた。

「ふふっ……」

セヴィーラが笑い声をあげた。

「ごめんなさい、馬鹿にするつもりじゃないの。でも……想像したらなんだか、素敵だなって思って」

セヴィーラは口元に手を当ててくすくすと笑い、ディーヴィはまた俯《うつむ》いた。俺はその様子を他人事《ひとごと》のように見ていた。

「……ミヤ・キネフィ、あなたはどうですか？」

口元から手を離したセヴィーラが、俺に声をかけた。

「……え？」

いきなり話を振られ、俺は思わず変な声をあげてしまった。セヴィーラは柔らかい声で言葉を継ぐ。

「あなたがこの騎士団に推薦された以上、その意志もまたわたくしの意志……あなたの意見はここにいる騎士たちと同じ重みを持ちます」

「………」

俺は黙っていた。内心では完全に戸惑っていた。

「どうか、正直な気持ちを聞かせてください」

「……えっと」

俺は顔を上げた。なんと答えようか、口の中で言葉を選ぶ。またさっきみたいなことにならないように——騎士たちを見回し、そしてディーヴィと目が合った。

「……正直なことを言います。みなさん怒るかもだけど……」

俺は腹を決めた。ディーヴィの目を見たら、正直に話さないと申し訳ないって、そう思ったからだ。

「……俺、騎士とかそういうの、嫌いなんです」

周囲の騎士たちがこちらを見るのがわかった。

「世の中には生まれつき強い人とそうじゃない人がいて……強い人は騎士になる。弱い人は俺みたいに羊飼いをしたり、畑を耕したりする。それはそういう役割だからっていうだけのことで。それが、そういう風に生まれたから、っていうだけの理由で、誰かが誰かより偉いとか、そういうのってあまりピンと来ないです」

——沈黙が広間《ホール》に降りた。さすがに怒らせたかな、と俺は思う。でも——

「……それに、俺が騎士として力を振るうなんてことはできないです。力を使って、他の誰かを抑えつけるなんてことは……」

——だって、俺のこの力は存在してはいけない力なんだから。

「……優しいのですね」

「え……？」

柔らかい声が降って来て、俺は思わず声をあげる。俺の目に入ったセヴィーラは、またふんわりと笑っていた。

「迷惑をかけた保障をしなくてはね。すぐに手配しますから、安心してください」

「あ、いや……」

「今日はもう遅いです。今夜は泊まっていってください。明日《あした》になったら、どこへでもお好きなところへ送らせましょう」

セヴィーラはそう告げて玉座をたち、広間《ホール》を出ていった。

騎士たちは片膝をついた姿勢を解き、それぞれに立ち上がる。伸びをしている者もいた。

「少年」

声をかけられ、俺は振り返る。

「我らの力を暴力だといい、騎士が嫌いだという貴様の言は、吾輩には理解することができぬ。なにより……セヴィーラ様に向かってそのようなことを述べるなど……」

レグルゥの目は今にも溢《あふ》れ出さんとするように感情を湛《たた》えていた。

「セヴィーラ様がどのような思いで、貴様に声をかけたのか……貴様にわかるか？」

「……わからないです」

俺は答える。それを言うなら、俺の気持ちだってあんたたちにはわからないじゃないか。

「……貴様とはもっと語り合わねばならんようだ。次は本気でな」

そう言ってレグルゥは踵《きびす》を返し、立ち去った。

＊　＊　＊

この飛空牙城というところは、本当に不思議なところだ。

話によれば山よりも高いところを飛んでいるらしい。それならすごく寒くなりそうなものなのに、屋外に出ても気温は快適だった。城がそびえている場所から緩やかな下り坂が広がり、そのあちこちにほのかな灯《あか》りがついている。上空の澄んだ空気ともあいまって、それが幻想的な光景を作り出していた。あれもこれも、魔法の力で行われているらしい。

「偉大なる遺産《グレート・レガシー》かぁ」

古代に栄えた超文明が、魔王によって一度滅ぼされたっていう話は、この国に生まれた子どもが必ず聞かされる昔ばなしだ。魔王が古代文明を破壊しつくしたという「紅《くれない》の世紀」を終わらせた勇者の物語に、誰だってわくわくと胸を焦がしたことがある。なんでも、高い魔力を持って生まれてくる「貴民」と呼ばれる人たちは、紅の世紀の中で魔王と戦い、活躍した英雄たちの子孫なんだそうだ。

「……でも、超魔覇天騎士団に入る方々は意外とそうでもなかったりするのですよ」

俺の前に立って歩くメイド姿の少女が言った。先ほどセヴィーラが姿を現す前に騎士たちに声をかけた女の子だ。

「……と言うと？」

城の外郭——壁を越えればそこはもう空になる回廊状の道を歩きながら、俺は訊《き》き返す。

この人はセヴィーラお付きのメイドさんらしい。切り揃《そろ》えた髪に、きりっとした目元で、いかにも仕事ができそうな雰囲気だ。

「遺伝的に生まれる力はある程度限られているのです。『貴民』は大抵、1000を超える魔力級数《レベル》の持ち主ですが、強くてもその力は5000程度。10000を超える者は非常に稀《まれ》です。けど……」

　メイドさんは振り返って俺の顔を見た。

「超魔騎士と呼ばれる方たちは、皆３０００を超える魔力級数《レベル》を持っています。それぞれが特殊な事情を抱え、その力を得たのだと言いますが、中には平民の生まれだという方もいらっしゃるとか」

「そうなんだ……」

「セヴィーラ様もそうした特殊な事情を抱えておいでなのですよ」

「え？」

　メイドさんが話を続ける。

「セヴィーラ様は特殊な属性の魔力の持ち主であったため、この飛空牙城《がじょう》の主《あるじ》となることが生まれつき決まっていたのだといいます。自分には選択肢がなかったからこそ、対する人の意志をなにより尊重したいとのお考えなのです」

　俺は先の広間《ホール》で自分が言ったことを思い出していた。たまたま力を得たことで偉ぶるから騎士は嫌いだ、とか言った気がする。それはレグルゥも怒るわけだ――

「……こちらから、飛空艇の船廠《ドック》に下りることができます」

　通路から下りたところに発着台が並び、その上に飛空艇が何艘《そう》か置かれていた。工員たちが忙しく働き、作業をしている。

「飛空牙城にいる戦力は超魔騎士だけ。他には私たちメイドや、飛空艇の工員たちだけです。超魔騎士がいる以上、他の戦力は必要ないですから」

「なるほど」

まさに一騎当千、っていうわけだ。他の人員は飛空艇を飛ばしたり、騎士たちが生活をするための様々な雑事を請け負っていると。

一艘の飛空艇に舷梯《タラップ》がかけられ、そのプロペラがゆるやかに回転を始めていた。

「あれ、これから出発するんです？」

「ええ、あの船は超魔騎士、ナンバー2の……」

――と、背後に誰かいるのに気が付いて俺は振り返った。

「君は……どうしてここに？」

蒼《あお》い髪に長身の女騎士――シャイ・リーン。

「案内してもらってて……」

メイドさんがにっこりと笑ってシャイ・リーンに一礼する。

「……そう。ゆっくりしていくがよい」

そう言ってシャイ・リーンは、無表情のまま飛空艇へと向かった。俺は道を空け、その後ろ姿を見送る――

「……戦いに、出かけるんですか？」

後ろから声をかけた俺に、シャイ・リーンは振り返った。その陶器のような顔に少し、不思議そうな表情を浮かべる。

「……ええ、その通り。それがあたしの仕事ゆえに」

「……怖くはないんですか？」

口にしてから、俺は間抜けな質問だと思った。しかし、シャイ・リーンはそれでも表情ひとつ変えず、俺に問い返す。

「それは、負けるのが？　それとも、勝つのが？」

「………………！」

「……セヴィーラ様の言う通り、君は優しいのだな」

シャイ・リーンはそう言って少し表情を動かした。一瞬わからなかったが、どうやらそれは微笑《ほほえ》んだ顔らしかった。

「あたしは戦うことしか知らない……そして、あたしたち超魔騎士は勝つことを宿命づけられている。故にあたしは、これまで勝ってきた」

シャイ・リーンは飛空牙城の尖塔《せんとう》を見上げながら言う。

「負ける側の気持ちを考えるわけにはいかぬ。それは非礼にあたるとあたしは思う。敵は倒す。なにも考えず、蹂躙《じゅうりん》する。それがあたしの存在理由」

「………………」

やっぱり、人種が違うな――と俺は思う。シャイ・リーンは言葉を続ける。

「……君が戦いに対し抱く恐れ、あたしはわかるような気がする。されど……同じくらい強大な相手にならば、敗北を与えることができるのは君だけかもしれぬ」

「え……？」

「負けたくらいでは道を曲げず、力の差を不公平だとは感じぬ者がいる。このあたしも、そのひとりだ」

シャイ・リーンは俺の目を真っすぐに見た。静かな表情だったが、その瞳は深く燃えているかのように光を湛えていた。

「一度くらい、試しに思う存分力を出してみればいい。隣人と肩を触れあわずに生きていけるほど、世界は大きくないのだからな」

そう言って、シャイ・リーンは踵を返した。

「……うちの連中は頑丈だぞ」

背中を向けたままそう付け足し、舷梯《タラップ》を上って飛空艇に乗り込んでいく。俺はその後ろ姿をただ、眺めていた。

その夜、俺はあてがわれた部屋から外に出て、城門の外の緩やかな坂を下っていた。

シャイ・リーンの言うことは正直、よくわからない。「いいからやってみろ」ということだろうか――でも、それで取り返しのつかないことになったらどうするんだろう。

そう、例えば――今、目の前にいるこの相手を、完膚なきまでに倒してしまったら。

「……逃げずによく来たのであるな」

坂を降りきった広場のようなところに、光が多く灯《とも》っていた。その中に、分厚い身体《からだ》の騎士が仁王立ちで待ち構えていた。

「……話したいことがあったから」

俺はその正面に進み出て、足を止める。城の中を案内されたあと、戻った部屋に置かれていた果たし状――それに応じる形で、俺はここにやってきたのだ。

「……生まれが偉いからどうだ、とか言ったのは失礼だったかもしれない。それは謝ります。だけど……力を持って生まれたから美学がどうだ、ってのはよくわかりません」

レグルゥはそれを聞いて静かに口を開く。

「強い力を持って生まれた我らは、それを正しく使う責任があり、だからこそ美学と共に生きることを求められる。自らの力に責任を持たない者は危険だと、そう言っているのだ」

　俺はレグルゥに応じる。

「ものを壊したり、人を傷つけたり抑えつけたりすることに、美学だなんだと理屈をつける方が危ないいんじゃないですか？」

「魔人や魔獣と戦うのは誰かがやらねばならぬことである。戦いに生きる騎士が美学を忘れたらただの乱暴者になってしまうのだ」

　そう言ってレグルゥは、その脇に抱えていた長いものを構えた。

「力がある以上、立ち向かわねばならぬ。覚悟を持ってそれを振るわねばならぬ」

「覚悟……」

「……この場を以《もっ》て、お前の覚悟と美学を見せてもらうのである」

　レグルゥが手にしたものは、全長がレグルゥの身長ほどもある巨大な剣——全体の半分が刃《やいば》で、もう半分が柄になっている形状の武器だった。鋭角の刃は柄に沿って二枚が連なり、緑色の光を纏《まと》っている。

「神器・霊剣『ヴェクトニトゥラ』……その刃の先に未来を断つ。先だっては村が近いため使えなかったが……この剣を持った以上、手加減はできぬのであるぞ」

　レグルゥが握る柄のあたりから、バチバチと雷のようなものが生まれている。

「なに、胴体が両断したくらいであれば、この城の回復術師《ヒーラー》が治してくれよう。安心して立ち合うがよい！」

俺は身構えた。

「シャイ・リーンって人に言われました。ここの人たちは力の差を不公平と感じたりしないから、思う存分やってみろって」

「……フフ……面と向かってそういうことを言う者は嫌いではないぞ」

レグルゥは腰のあたりに大剣を構えた。

「……ゆくぞ、少年！」

そう叫ぶとともに、レグルゥは「ヴェクトニトゥラ」を真一文字に振るう——

「……!?」


——ザシャァッ！


斬撃《ざんげき》が俺の肩を掠《かす》め、血が噴き出した。なんだ、今の——

「これぞ超魔戦技・真空斬刃《ソニックエッジ》！」

レグルゥが剣を構え直し、言う。

「先の戦いでの真空指弾《ソニックフィンガー》は基本の試し技……音速を超えた指先が虚空《こくう》の衝撃波を生み出し、敵を砕く。そして、我がこの『ヴェクトニトゥラ』を振るう時、斬撃は時を超え、空間をも超える！」

レグルゥは続けて剣を振るう。

――ヴァアアッ！

再び、飛んで来る見えない斬撃を、俺は受け止める。今度は防ぐことができた。だけど、なにかおかしい。変なタイミングで斬撃が来てる――？

「気が付いたか、これこそが神器『ヴェクトニトゥラ』の力！　この刃は時間を超え、未来を斬る……吾輩が振るうその先へと、斬撃が先に到達するのだ！」

レグルゥは続けて剣を振るう。そのたびに轟音《ごうおん》が鳴り響き、斬撃が襲う。でも――俺は身の周りに「力」を固め、それを防いだ。

「……やはり、お前が守りを固めれば攻撃は届かないのだな。面妖な力よ……！」

レグルゥは剣を止め、俺の様子を確認して言った。

「しかし……それをいつまで維持していられるのであるかな？」

「……え？」

レグルゥは刃をこちらへと突き付け、言う。

「先ほどの斬撃はお前に届いた。すなわち、意識の隙をつけばその能力は発動しないのである。ならば、お前の意識がなくなるまで吾輩は斬撃を放ち続ける」

「…………！」

「超魔覇天騎士団ナンバー9・雷足のレグルゥを舐《な》めるでないぞ……この二つ名は、雷の如《ごと》き速度で動き続ける様を謳《うた》ったもの。お前が倒れるまで、我は一昼夜でも、一週間でもこの攻撃を放ち続ける」

レグルゥは再び剣を構えた。

「さらに！」

レグルゥの手にした『ヴェクトニトゥラ』が纏う雷撃が強く光を放つ――！

「……真空雷轟斬刃《ライトニングエッジ》！」


――ツゴォオオウン！

凄《すさ》まじい轟音が鳴り響き、光の衝撃が俺の視界を斬り裂いた。振り抜いた剣から放たれたのは、斬撃とそして稲妻の衝撃――！

「攻撃は届かなくとも！　この雷《いかずち》の嵐の中を、素人《しろうと》のお前がどれだけ耐えられるか！」

レグルゥが振るう剣から放たれる稲妻が、斬撃が、続けざまに俺を襲う！

「ぐっ……！」

俺は眩暈《めまい》を感じた。確かに、身体に届く攻撃を防いでも――辺りに鳴り響く轟音と稲妻の衝撃は確実に俺の体力を奪う。それに対してレグルゥのあの鍛え上げられた肉体は、本当に一週間でもこの攻撃を続けるだろう。さすが超魔騎士、伊達《だて》じゃないみたいだ――

「さあどうした⁉　受けてばかりではお前の美学を示せぬぞ！」

レグルゥが大剣を振るいながら叫ぶ。

「戦いとはお互いを試し合う対話！　対話とは美学を映す鏡！　ならば一方的に受けているばかりのお前は、ただの奴隷か⁉」

「……ッ！」

「相手の言葉に応えよ！　人と触れ合わぬままこの世界を生きていくつもりか！　力を尽くさぬことは優しさではないぞぉぉ！」

「…………！」

続けて振るわれる衝撃と、衝撃の合間。レグルゥが剣を返す、その刹那――

——ツガァァァァン！

何発目かの技をレグルゥが放った時、その斬撃の先に俺はいなかった。

「……消え……た⁉」

レグルゥが目を疑い、きょろきょろと辺りを見回すのを、俺はその後ろから見ていた。

「雷空転移《サンダーステップ》、って言ったっけ……あんたが前に使った技」

「……うぬぅ……⁉」

レグルゥは俺の声に気が付いて振り返り、また剣を振るう。

——ツガゥン！

衝撃と共に、稲妻が炸裂《さくれつ》して大地が抉《えぐ》れる。しかし——

「……雷の魔力で電磁場を作り出し、慣性質量をゼロにする……それによって一瞬で高速の移動をするんだっけか」

「……まさか、一度だけ見せたあの技の真似《まね》を……⁉　一体、どうやって……」

再び攻撃をかわした俺を、レグルゥが驚愕《きょうがく》の目で見る。

「雷の魔力は使えないけど、質量をゼロにするなら、出来るよ」

そう言って俺は力を使う――


――ヴァウアアッ！


慣性を無視して、一瞬で動き回る――なるほど、これなら急激な方向転換も、ブレーキをかけず一瞬で行うことが出来る。

「こ、この動きはァぁっ！」

無慣性の連続移動によって現れた無数の残像――無数の俺が、レグルゥを取り囲む！

「ぬおおおおおっ！」

レグルゥは怯《ひる》みながらも、剣を握りなおしてまた真空雷轟斬刃《ライトニングエッジ》を放つ！　だが――

「……こっちだ」

剣を振り切った後のレグルゥの懐《ふところ》の内側に、俺は立っていた。

「…………ッ！」

「でぇりゃっ！」

――ドッ！

俺が殴りかかった拳が、レグルゥの身に纏った鎧《よろい》の肩に当たる！　鋼鉄の肩当ては吹き飛び、ひしゃげて地面に転がった。

「……そうか……つまりお前の力は『無』そのもの……！」

拳を受けた肩を押さえながら、レグルゥは言う。

「なるほど……魔力測定《アナライズ》でも『試しの柱』でも、その魔力が測れないわけだ。ゼロであることがお前の力なのだからな！」

俺は腕を頭上に大きく伸ばして構えた。

「もうひとつ……真空を作り出して相手にぶつける技、なんて言ったっけ」

俺はレグルゥに向かい、構える。あれは確か――

「……そうだ、真空指弾《ソニックフィンガー》っていうやつ。けど……これはちょっと違うかな」

指先が音速を超えて真空を作り出すんじゃない。無そのものを弾丸としてぶつければ、もっと話が早い。俺は指先をレグルゥに突きつけるようにして、腕を前方に振り降ろす！

「……虚空指弾《ヴォイドフィンガー》！」

――ズドゥウッ！

俺の指先から放たれた「無」の弾丸が、レグルゥの肩を抉り――その左腕が宙を舞った。

「ぬっぐぅぅぅぅ!?」

レグルゥは肩口を押さえ、膝をついた。

「……まだやる？」

「いや、お前の勝ちである」

レグルゥは目を伏せ、言った。俺はその前に立ち、ため息をつく。

「……腕が斬り飛ばされたくらいなら治してくれるんでしょ？　早く治療した方が」

「ふ、ふふ……」

レグルゥは肩口を押さえたまま言う。

「見事だ、ミヤ・キネフィ……お前の美学、確かに受け取った」

「……別になにもないです、美学なんて」

レグルゥの肩が震えていた。そして――

「ふふふ……はぁーはっはっは！　いやあ、負けた負けた！」

レグルゥはその巨体を揺すり、笑い出した。

「いや、愉快愉快！　世の中にはあんな戦いがあるのだな！」

俺はぽかんとしていた。正面から挑んで、負けたのに——言い訳したり、怒ったりせず、この人は本当に楽しそうに笑っているのだ。

「……いや、まったく感服した。お前が明日、この城を降りるのは名残惜しいな」

そう言ってレグルゥは立ち上がる。

「……きっとまた会おう、強者《つわもの》よ。できれば次は味方同士としてな」

そう言ってレグルゥは左腕を拾い、歩き去っていった。俺はその後ろ姿を見送りながら、胸の中でモヤモヤと渦巻く感情を整理しようとしていた。

＊　＊　＊

「ふふふ……まさか『虚無の属性』の魔力とはな……本当に興味深い」

城の尖塔《せんとう》の上から、稲妻に抉られた広場を見下ろしてワイスが言った。その傍《かたわ》らでゲイハルが呟《つぶや》く。

「虚無のフィールドが身体《からだ》を包んでいるわけか……魔力ならまず、届かない。それがたとえ、回復魔法《ヒーリング》のようなものであってもね。物理的な力は本人の意識次第ってところか」

ワイスは手元の機械をなにやら操作しながら、ゲイハルに答える。

「見たところ……あの少年のあの力はどうも『呪い』じゃな」

「呪い……？」

ゲイハルが問い返すのを、ワイスは面白そうに見る。

「先の『冥夜《ノクト》』の際に地図から消えた町があるのを知っておるか？」

ゲイハルは片手をこめかみに当てた。

「……『シンダービル』か？　だが、あれは……」

ワイスは含み笑いをした。

「魔獣も、町も、焼き尽くして消し炭としたのは、一体何者だったか……？」

ワイスの額に開く第三の目までも、楽しげに笑っているようだった。

「ま、なんでも構わぬさ。あの力が本物なら……ここからは大きく局面が変わるであろうよ。あの少年が騎士になろうと、ならなかろうと、な……」

ワイスの額の目が開き、夜闇の中に怪しく輝いた。

「……呪い、か」

ゲイハルは、広場に佇《たたず》むミヤの姿を見下ろして呟いた。いつの間にか月が雲に隠れ、城のまわりに灯《とも》る魔力の光だけが怪しく揺らめいていた。

4. 羊飼いの少年、帝都の街を歩く

「こういうのって、やればやるほど不思議なの」

なにもかもが白い少女が、その白い腕を伸ばしてポットを操る。青い空を背景にして、白い肌が軽やかに動くのを、俺は眺めていた。

「煎じた葉へ、沸かした湯を注ぐ……それだけのことなのに、とても奥が深くて、丁寧にやればやるほど、美味《おい》しいお茶ができるのよ」

「はあ……」

広間《ホール》で見たときと打って変わってざっくばらんな白い少女に、俺は呆気《あっけ》に取られていた。

居館から外側へと突き出たテラスの下は、はるか下まで空が広がっている。空の上に放り出されたような空間の中にテーブルを置き、その正面に超魔覇天騎士団の盟主・セヴィーラが座っていた。そして俺はその向かい側に座り、その様子を見守っている。

俺はちらりと横を見る。と、そこに立ったメイドさんがにっこりと笑う。昨夜は城の部屋のひとつで寝て、朝になったらこのメイドさんが食事を運んできて、食事が終わったら

ここへ案内されて──

「あちっ」

セヴィーラのあげた悲鳴で俺の思考が遮られる。

「ひ、姫さま、大丈夫ですか？」

慌てて、もうひとりのメイド──こちらは年配の女性だ──が駆け寄る。

「大丈夫。ちょっとポットに触れちゃっただけ」

「もう……お茶などわたくしどもが淹《い》れますのに……」

「違うのよ、こういうのは自分でやるから意味があるの」

そう言ってセヴィーラは笑い、ポットを持ち直す。

「ひとつずつ、丁寧に気を配ってお茶を注ぐ……そうやって心を込めて、お客人をもてなしたいの。豪勢な食事や部屋ではなく、直接伝わるものだから」

その手にしたポットから、カップに琥珀《こはく》色の液体が注がれた。

「どうぞ」

セヴィーラが俺の前にそのカップを押し出した。

「…………」

俺はそのカップを上から掴《つか》んで──先ほどの年配のメイドさんが眉をひそめたような気

がした——その液体を口に運ぶ。

「……あちっ……」

唇に触れる前に息を吹きかけ、少しずつその液体を口の中に含む——

「……苦い」

舌の先に触れたそれはなんだか、薬草みたいな苦味がした。でも——飲み込むと身体の芯から、ほわっと温まるような気がした。鼻の奥に香ばしい香りが抜ける。

「お茶は初めて？」

「……うん」

俺はもうひと口、それを口に含む。セヴィーラはそれを見ながら、自分のカップに口をつけて、ほう、と息を吐いた。

「……自分で工夫できるから面白いの、お茶は」

セヴィーラはカップをテーブルに置く。

「テーブルをセットし、お茶を淹れて、その世界の中でのんびりと過ごす……思うようにならない日々の中でのそんな小さな自由につい、夢中になってしまうのよね」

「……思うようにならない……」

俺はふと疑問に感じて、カップを置いた。

「……空を飛ぶ大きな城に、大勢の家来たち。それに大陸最強の騎士団……これだけのものを持っていて、思うようにならないことがあるんですか？」

セヴィーラはその端整な目を細くして笑った。

「どれもわたくしには大きすぎる力です。思うようになったことなんてないわ」

「ふうん……」

そんなものかもしれない。何不自由ない生活に見えるけど、それが幸せなのかと言われればそういうものでもないのかも。山の中で山菜を採ったり、昼寝をしたり、花の蜜を吸ったりもできないし——

「超魔覇天騎士団の盟主は、代々イルズファントの家の者が継いで来ました」

セヴィーラは居住まいを正して話しだした。

「イルズファントは侯爵の家柄。皇帝家とも縁戚関係にありますが、騎士団の盟主となるものはその家格を放棄し、あらゆる権力から自由になるしきたり……だからわたくしはイルズファントの名を持たない、ただのセヴィーラです」

俺は黙ってセヴィーラの話を聞いていた。セヴィーラは話を続ける。

「本当はわたくしの従兄《いとこ》が継ぐはずだったのです。ですが、その従兄が病で亡《な》くなり……そのあとに生まれたわたくしに適性があったため、こういうことになりました」

適性――俺は傍らに立っているメイドさんの顔を見た。昨日、聞いた話だ。生まれつき、宿命づけられたもの――

セヴィーラは笑った。

「古代超文明の偉大なる遺産《グレート・レガシー》……この飛空牙城《がじょう》の真なる『郭態《シルエット》』。それには特殊な属性の魔力が必要なの。だから、それを持った者が主《あるじ》になるのがならわしってわけ」

「ふうん……」

俺はテラスの外に流れる空を見た。そう言えば、この城はセヴィーラの魔力で空を飛んでいるってディーヴィも言ってたっけ。

「……どんな気持ちなんでしょう。その……」

俺は雲を見ながら口の中で言葉を選ぶ。

「自分で望んだわけでもないのに、こんな大きな力を持つのって……」

セヴィーラは細めた目をカップに落とした。

「……あなたは騎士が好きではないのよね」

そう言ってカップに口をつけ、セヴィーラは顔をあげる。

「わたくしは、この騎士団を所有したり、支配しているわけではないの。ただ盟主という役割を負っているだけ……その役目を果たすことがわたくしの運命なら、わたくしはそれを全うするだけよ」

「…………」

「剣には鞘《さや》が必要でしょう？　それと同じ。世界さえ変えるような大きな力には、それを納める鞘がいる。それがわたくしの役目」

セヴィーラはそう言ってカップを置いた。

「超魔騎士たちだけじゃない。この飛空牙城には……わたくしの手には、大きな力が預けられている。気分次第で世界さえ壊せるような力が」

そう言ってセヴィーラは目を伏せた。

「それを使うべき時が、わたくしに任されている。考えようによっては、こんなに不自由な役回りもないかもね」

「……お姫様でも、そんな風に感じるんですね」

俺は少しだけ、このお姫様に親近感を覚えていた。その柔らかい笑顔も、なんだか最初とは見え方が違うような気がする――

「お姫様はやめて。セヴィーラでいいから」

「え？」

「歳《とし》も近いんだし。ディーヴィだって二人の時はそう呼ぶのよ？」

「ええ……」

俺は戸惑ってしまっていた。最近、立て続けにこういう人たちと関わってしまったけど、本来は俺なんかが一生会うこともないくらい偉い人たちなわけで——

「えっと、じゃあ、セヴィーラ……さん」

「ふふ……それで許してあげます、ミヤ」

セヴィーラは立ち上がり、テラスの外の空を見た。

「……そろそろ着くようね」

「え？　ああ……」

俺はカップの中を見た。まだ半分以上お茶が残っていた。セヴィーラがまた声をかける。

「わたくしたちは帝都に用事があって行くのですが、本当にそこまででいいのですか？」

「あ、はい。どうせ街に出ようかと思ってたから」

「そう……」

セヴィーラは少し残念そうな顔をこちらへ向けた。

「ひとつ、贈り物があります」

「え？」

と、若いメイドさんがなにか箱のようなものを差し出し、その蓋を開けて見せる。

「……これは?」

　中に入っていたのは、ペンダントのようなもの。細い鎖の先に、複雑な意匠が施された黒い石がついている。

「これを使えば、わたくしたち超魔覇天騎士団とすぐに連絡が取れますから」

「……これ、魔導機?」

　つまり、超魔覇天騎士団との直通回線《ホットライン》だ。

　セヴィーラは笑って言う。

「不要だったら売っちゃってもいいわ。それなりの額にはなるんじゃないかしら」

「え……」

「どちらかというと、これはわたくしの個人的な誠意です。なにかのとき、あなたの助けになれると思うから」

　セヴィーラはそこまで言って「いいえ」と首を振った。

「もしかしたら、わたくしたちが助けられちゃうかもね」

「………」

　俺が黙ってその魔導機を見ていると、セヴィーラは立ち上がった。

「もうすぐ帝都では建国祭が行われるの。大陸中から人が集まってそれは賑《にぎ》やかなの。宿に使いを送っておきますから、少しゆっくり見物でもしていったら？」

そう言って、セヴィーラはテラスを出ていった。

「うーん……」

後ろを振り返ると、メイドさんがにこにこと笑っていた。

＊＊＊

小型の飛空艇が湖に着水し、俺はそこから船着き場へと降り立った。

「気を付けてな、兄ちゃん！」

船の上から威勢のいい声がかかる。俺をここまで送ってくれた操縦士は年老いた小柄な男で、まだまだ意気軒昂《いきけんこう》といった雰囲気だった。歳のため、騎士たちが乗る飛空艇の操縦はしていないが、まだまだ現役のつもりでいるので周りは苦笑しつつ困っている、とメイドさんが言っていた。

「しかし、あのレグルゥに向かってタンカを切ったなんてな、まったく、大した度胸だ！」

親父《おやじ》さんがカラカラと豪快に笑った。

「この仕事を長くしてるとわかるんだ。兄ちゃんはまたこの船に乗ることになると思うぜ」

「へえ……？　それはどういう用事で？」

「それはその時が来たらわからあな！」

親父さんはそう言って親指を立てた。

「ま、困ったことがあれば呼んでくれ！　兄ちゃんのためならいつでも船を飛ばすぜ！」

「はは……ありがとうね、親父さん」

老いた操縦士が手を振って飛空艇は船着き場から離れ、また水面を離れていった。

「さて、と……」

俺は辺りを見回す。大きな湖に面した船着き場には、他の船や飛空艇が停泊し、たくさんの人が行き来していた。その先は緩やかな丘陵になっていて、その上に城壁がそびえているのが見える。さらにその向こうには城の尖塔《せんとう》が見えた。あれがこの大陸を支配するグアズィール帝国の中枢である皇帝の居城――ただでさえ巨大な城壁の、そのさらに上から顔を出す白い塔を見上げると、その上に小さなものが浮いているのが見えた。

「あ、いや小さく見えてるだけか……」

目を凝らしてやっとわかった。あれ、飛空牙城じゃないか。そう気が付くと、あの皇帝の居城の巨大さがよくわかる。飛空牙城が粒にしか見えないなんて――

「まあ、俺にはもう関係ないか」

――せっかく帝都に来たんだし、何日か宿には泊めてもらえるらしいし、建国祭とやらを見ながら少しゆっくりしようかな。そのあとはここで仕事を探してもいいかもしれない。リネットが心配するから、アルジウラの村へ行く人でもいれば、手紙を書いて――

俺はあれこれ考えながら、城壁の方へと坂道を登っていった。

城壁に辿《たど》り着く前に、街道の左右には徐々に建物が現れ、街が広がっていく。行き交う人も多くなっていき、俺のすぐ前にも同じ方に向かう人が歩いていた。

――と、俺の前を歩いていたその人が、城壁の手前で一瞬足を止めた。

「……？」

不思議に思って見ていると、その人は身体《からだ》を強張《こわば》らせてまた歩き出す。

「……いっ⁉」

粗末な格好をした中年のその男は、途中で一瞬、身体を痙攣《けいれん》させるようにしながら城門の中へ進んでいった。

「なんだろ……なにかあるのかな」

周りを見ると、どの人も城門の手前で一瞬、躊躇《ためら》ったり、または身体をびくっとさせたりしている。まるでそこに見えない壁でもあるみたいだ。

「…………」

少し緊張しながら、俺もその「壁」へと差し掛かり、そしてそこを通り抜ける――が、特になにも感じない。なんだったんだろう。

「……おい、お前」

と、横から声をかけられて俺は立ち止まった。衛兵のひとりが目の前にいる。

「なにか？」

「いや……なんともなかったのか？　さっき『結界』を通っただろう？」

「結界？」

俺は振り返って「壁」の辺りを見た。

「帝都は初めてか？」

衛兵は俺のことをじろじろと眺め、そして何かの魔導機を取り出す。先端に丸い水晶のようなものがついたそれをこちらに向け、手元でなにやら操作をすると、その器具の上に青白い光が放たれてそこに文字が浮かんだ。

「魔力級数《レベル》……ゼロ、『素民』か」

衛兵はその光の中を覗《のぞ》き込んで、俺と見比べる。

「それにしても、結界の存在に気が付かないなんてよっぽど鈍感なんだな。魔力のない

『素民』でもある程度は感じるはずなんだが……」

「結界……？」

「魔獣や魔人を城壁の中に入れないため、城壁のまわりには結界が張ってあるんだ」

衛兵は、そびえる王城を指さした。

「お城の一番高い塔に大結界の発動装置がある。帝都じゃ常識だ」

「へぇ……こんなデカい街をすっぽり包む結界か……」

さすが帝国の中心都市。なにもかもスケールが違う。ただ、俺にはどうやら結界は効かないみたいだけど。

「街の中には『貴民』も多い。素民が中心街にはあまり近づかないように」

それだけ言って衛兵は自分の持ち場に戻っていった。

やれやれ――俺はため息をついた。ここでもやっぱり、「魔力が強い者が偉い」っていうのが基準になるんだな。まあ、それはもう仕方のないことなんだろう。魔力で強化《ブースト》した肉体はなによりも強靱《きょうじん》だし、強力な魔導機を使うにもそれなりの魔力が求められる。素養があれば、魔術遣いとして魔法の研究をしたり魔導機の開発に携わることもできるだろう。

一方で魔力の弱い「素民」は、そのほとんどが辺境で畑を耕したり、羊飼いをしたりして暮らしている。帝都で暮らすのは、ある程度の魔力を持った「平民」がほとんどだ。

「仕事、ないかもなあ」

俺はボヤきながら、城門の中へ入っていった。


「ほらどきな！　ボーッとしてんじゃないよ！」

「おいあんた、そこの商品はこっちだ！」

「さあ寄ってらっしゃい！　お、あんたこれ買ってかないか⁉」

帝都には城門が４つあるらしいけど、湖の側に開いた東の城門周辺は商業の盛んな地区らしい。道端で荷車を置いたままなにやら取引をしていたり、露店が開かれていたり、辺りはすごく活気がある。中には激しく言い争っている人たちもいる。

「へえ……さすがは大陸の中心都市」

俺はほとんど圧倒されていた。今まで見たこともないくらいたくさんの人たちが視界の中で動き回り、見たこともない品物が並び、見たこともない衣装を着た人たちがそれを覗き込む。それが、視界が途切れる道の果てまでずっと続いているのだ。

きょろきょろとしながら、俺は街を歩く。例の建国祭が近いっていうのもあるのだろう、外から来た様子の人も多い。しかし、こう人が多いと、どこへ行ったらいいものやら——

「……誰か、そいつを捕まえろ！」

——不意に、怒声が響いて俺は振り返った。と、声のした方から若い男が走って来るのが目に入る。その後ろで、誰かが怒号をあげていた。

「泥棒だ！　捕まえて叩《たた》き殺せ！」

泥棒？　マジか。若い男は俺の方へと全力疾走で向かって来る。見れば、その腕には異国のものらしき織物《おりもの》を抱えていた。えっと、これは——

「どけ！」

男は俺にその身体をぶつけ、突き飛ばして走り去ろうとする——

「……ッ」

「……えっ？」

男がその身体を俺にぶつけるその瞬間——俺は自らの身体にかかるその力を「ゼロ」にする。と、全力疾走中に全体重を預けたタックルの力の衝撃が「無」にされたことで、男はバランスを崩し——

——ずだぁあっ！

反作用の衝撃に備えていた男はそのまま、足をもつれさせて盛大に倒れ込んだ。その手から盗んだものが放り出される。

「おっと」

俺はそれを両腕に抱え込んだ。我ながら華麗な空中キャッチ。

「……！　寄こせっ！」

男はすぐに立ち上がり、俺に摑《つか》みかかってきた。

「ちょ、やめろって……」

俺は身体を捻《ひね》り、男をかわそうとした。しかし、男はなおも摑みかかり、盗んだものを奪おうとして来る。いや、っていうか早く逃げた方がいいんじゃないの――？

「それは俺のもんだ！　さっさとこっちに……！」

「ああもう！」

俺は摑みかかる男を下から押し返すように、その身体を手のひらで押し――

――ブオッ

「……え？」

男の身体が、浮いた。

こちらにのしかかって来る力の重さと、俺が押す手のひらへの反作用を「ゼロ」にする――それによって、まるで軽布を持ち上げるかのように、その身体が宙に飛ぶ。

「うぐぁっ！」

背中から地面に倒れ込み、男は激しく咳込《せきこ》んだ。

「……泥棒はよくないと思うよ」

俺は倒れた男に向かって言った。でも、追ってくる人たちに摑まったら酷《ひど》い目に遭うんだろうな、とも思う。盗まれたものは取り返したし、この人はこのまま見逃しても――

「いたぞ！　あそこだ！」

背後から声がして、複数の男たちがどたどたと俺たちを取り囲んだ。

「ああ。盗まれたものならここに……」

「てめぇこの野郎、ふてぇやつだ！」

「……え？」

先頭に立った髭《ひげ》の男が、手に持った棍棒《こんぼう》でいきなり俺を殴りつけた。

「ちょ、ちょっと待って！　俺じゃな……」

「その手に持ったものを返しやがれ！」

「待って、待って待って」

たちまち、周りに集まった男たちも、手に持った棍棒で殴りつけ始める。え、なんで俺殴られてるの。

「だから盗んだのは、そっちの……」

傍《かたわ》らを見ると、さっきの若い男はすでにいなくなっていた。ちょ、なんてやつ――！

「……おい！　なにをしている！」

――と、また別の声と共にどたどたと足音がした。

「やめろ！　やめんか！」

声がすると共に、棍棒の雨がやんでいった。顔をあげると、鎖帷子《くさりかたびら》に身を包んだ衛兵たちが棍棒を持った男たちを制止していた。

「おうおう、止めねぇでくれよ旦那方！　こいつは店の品物を持って逃げた盗人《ぬすっと》だぜ！」

「まあ落ち着け、殺してしまってはいかん。調べはこちらで行う」

そう言って衛兵たちは俺の腕を摑み、引き上げた。

「お前、城壁の外の民だな？　まったく、建国祭だからってこんな連中がうろうろするんじゃかなわないな」

「いやだから、俺は盗《と》ってないって……」

「言い分は詰め所で聞く。ほら、さっさと来い」

そう言って衛兵は手にした槍《やり》で脅しつけながら、俺を引っ張って歩き出した。

いや、勘弁してほしいな――かと言って、暴れるわけにもいかないし。ちゃんと話をすれば誤解が解けるだろうか。仕方なく、俺はなされるがままに衛兵へとついていった。


俺が立ち去った後ろで、さっきの男たちが話をしていた。

「……なあ何発殴った？」

「10発くらいは……」

「……なんであいつ、痣《あざ》ひとつないんだ？」

「…………」

＊＊＊

皇帝の居城――その大広間《メインホール》は、飛空牙城《がじょう》の広間《ホール》よりもさらに大きく、軍隊の一個旅団程度ならすっぽり収まりそうな広さだ。
中央に敷かれた長く幅広いカーペットの左右に多くの騎士や兵士が控え、セヴィーラとその後に続くゲイハル、そしてウドウを出迎えた。

「超魔覇天騎士団、盟主セヴィーラ様、ご到着！」

玉座の前まで進んだところで、その横に控えた奏上官が声を張り上げる。それを合図に、セヴィーラたちは一斉にその場で片膝をついた。段を上がったところに設《しつら》えられた玉座まではまだかなりの距離がある。

玉座へと至る段の下に何人かの男たちが立っていた。その内のひとりがセヴィーラに声をかける。

「久しいな、セヴィーラ殿」

「アクィナス卿《きょう》もご機嫌うるわしゅう……」

光り輝く胸当てに外套《マント》を纏《まと》い、太った身体《からだ》に立派な髭を蓄えた壮年の男――帝都騎士団長アクィナス・ベルウィードはセヴィーラの顔を見て、ふん、と鼻を鳴らす。

「活躍は聞き及んでおるよ」

そう言ってアクィナス卿はセヴィーラの後ろの二人に目をやる。

「……そなたも大変よな。そのような者たちを抱えて任務に臨むのでは……」

「恐れ入ります」

「まあ、大陸の治安は我ら正規の騎士に任せておかれよ。そなたらは関係ないところで好きにやるとよいわ」

言うまでもなく、超魔覇天騎士団もまた正規の騎士階級である。アクィナス卿が超魔覇天騎士団を快く思っていないのはもはや公然のことだったが、それについてセヴィーラはなにも言うつもりはない。自分たちは自分たちの使命を果たすのみだった。

「静粛に！　皇帝陛下がお見えになります！」

奏上官の声が広間《ホール》に響き、セヴィーラは玉座の方へと向き直ってその場に膝をついた。アクィナス卿や他の重臣たちもまた片膝をつく。玉座の前にかけられた薄布の向こうに光が灯《とも》り、そこに影が浮かぶのが目に入った。

セヴィーラは背筋に寒いものを感じていた。それこそ、現れたのが皇帝本人である証《あかし》──大広間《メインホール》全体を圧迫するほどの強大な魔力。これこそが、このグアズィール帝国の皇帝が皇帝たる証だ。

「顔をあげよ、セヴィーラ」

玉座から声が響いた。それは柔らかい女性の声──静かに囁《ささや》くような、または軍隊に向かって檄《げき》を飛ばすかのような、優しくてそして強い声。

「直言を許す。話を聞かせてたもれ」

「は……」

セヴィーラは顔をあげ、皇帝の影を見た。

「我ら騎士団は、古代文明の遺跡調査に赴き、《聖杯》の入手に成功いたしました」

――おお、と、広間《ホール》に集まった人々から感嘆の声が漏れる。セヴィーラの後ろに控えていたゲイハルが進み出て、青白く輝く六面体の宝石を取り出す。

「遺跡は地中深くまで至る地下迷宮《ダンジョン》と化しており、その最深部にこの《聖杯》……またの名を『次元塊《フェーズキューブ》』が」

「……見せてもらえるかの？」

奏上官がゲイハルのところまで下りてきて、それを受け取ろうとする。

「……気を付けて」

――バチッ

ゲイハルが言うのと、奏上官が宝石に触れようとして火花が散るのが同時だった。

「言ったでしょう？」

ゲイハルが首を傾《かし》げて言うと、奏上官は眉をひそめ、目でゲイハルを促した。ゲイハルは玉座への段を上り、薄布の前に片膝をついて宝石を掲げてみせる。

薄布の奥から華奢《きゃしゃ》な白い手が現れて、薄布をわずかに持ち上げた。セヴィーラの場所からその奥を見ることはできない。

「……ご苦労だった」

その声と共に、ゲイハルが広間《ホール》まで下りてくる。ゲイハルが改めて片膝をついたとき、また皇帝の声が響く。

「この世界にある次元塊《フェーズキューブ》は全部で12。皇帝家が所持するもの、そして大魔導院に保管されるもの、既に回収したものを引いて、残るは7……魔王の手の者に渡るより早く、なんとしても我らが手にしなくてはならぬ」

「そのことで……」

セヴィーラが応えて口を開く。

「今回、調査に赴いた先で、我が騎士団が一員、ディーヴィ・リエルが『魔人卿《ダイモンロード》』と交戦いたしました。やはり彼らも《聖杯》に引き寄せられているものかと……」

「奴らの手に渡してはならぬ」

皇帝は繰り返し言った。

「冥冬《ウィントリ》が訪れるよりも早く、あれを手にしなくては……『紅の世紀』を繰り返してはならぬ。人の手に世界を取り戻すのだ」

「はっ……」

セヴィーラは頭を下げる。言われるまでもない——古代文明の遺産を魔王の手から守ることは騎士の使命だ。特に《聖杯》は、魔王再臨に大きな関わりがあると言われている。

「皆、励むがよい……母なる帝国の栄光のために」

「帝国の栄光のために」

セヴィーラは答え、首《こうべ》を垂れた。

＊　＊　＊

「だからぁ、俺は盗ってないんですって」

衛兵に取り囲まれ、俺は街の中を連れまわされていた。市場を抜けて街は殺伐とした石造りの建物が多くなる。衛兵が多いところを見ると、この辺りに詰め所があるらしい。

「やかましい！　言い分は詰め所で聞くと言っておろう！」

「そのまま牢獄《ろうごく》にポイとかじゃないでしょうね？」

「お前、外から来たのか？　余所者《よそもの》が増えると面倒が多くなって敵《かな》わんな」

——ほうら、これだ。

俺はため息をついた。なんであそこで泥棒に間違われないといけないんだろう。確かに本物とは年格好が似てたけど、それにしたって——

「はあ、建国祭だってのに、衛兵なんてのは因果な商売だよなぁ」

俺の後ろについていた衛兵がボソッと漏らす。

「他の連中は仕事を休みにしてさ、女の子を誘って湖に大魔法花火なんかを見に行くんだよ。その間俺たちゃ、盗人のケツを追いかけまわしてんだからな……」

「おぅいお前！　衛兵は帝国の栄光を守る誇り高き仕事！　皇帝陛下の指先であるぞぉ！」

前を歩いていた衛兵が振り返り、がなり立てた。眉毛が濃くて暑苦しい顔立ちだが、その口調もまた暑苦しい。

「なにが女の子を誘うだ！　我らの職務によって、女の子が平和に楽しく過ごしておるのだ！　それを誇りに飯を食わんか！　がっはっはっ！」

前の衛兵がまた先に立って歩く。後ろを見ると、こちらの衛兵は見るからにげんなりとした顔になっていた。俺はこっそりと話しかける。

「……もしかしてあの衛兵さん、はた迷惑な熱血方向の人？」

「そうなんだよ、悪い人じゃないんだけど、一緒に仕事するの大変でさ……」

「苦労しますね……」

「こらぁ！　盗人と仲良くするんじゃない！」

前から響く怒鳴り声に、俺たちは二人で首をすくめた。ただでさえ注目を浴びているのに、周りの人たちが何事かとまた振り返った。

「……ミヤ君？　なにやってるの？」

——不意に、聞き覚えのある声がした。俺は声のした方に顔を向ける。そこにいたのは、短く切り揃《そろ》えた金髪の若い女性——

「……ディーヴィさん？」

鎧《よろい》を身につけない質素な私服姿だが、それは昨日まで飛空牙城にいた女騎士ディーヴィその人だった。

「なんだあんた？　こいつの知り合いか？」

「この人はなにをしたのです？　衛兵に捕まっているなんて……」

「なにをした、だと？」

暑苦しい眉毛の衛兵は鼻息を荒くする。

「恐れ多くも皇帝陛下のお膝元たるこの帝都で！　白昼堂々！　市場で品物を盗みおったのだ！　勇敢なる市場の青年たちがその場で捕まえ、我らに引き渡したのである！」

——既に話がだいぶ改変されている気がする。俺は目でディーヴィに訴えた。ディーヴィは俺の様子を見て首を振る。

「……ミヤ君がそんなこと、するはずないと思うけど……あの、この人の身柄は私が保証しますから……」

「なんだと？　あんた一体、なんの権限でそんなことを……」

　暑苦しい衛兵の質問にディーヴィは少し迷いながら、左の袖をまくった。服の下に篭手《ガントレット》をつけている。

「……なにを……って、え⁉」

　篭手《ガントレット》に刻まれた白と黒の二重六天星——それを見た瞬間、衛兵の顔色が変わる。

「その紋章は……！」

「私は超魔覇天騎士団のナンバー12、ディーヴィ・リエルですけど……これじゃ身分の証明になりませんか……？」

「いっ、いえ……ッ⁉」

　衛兵は目を見開いて俺とディーヴィを交互に見る。

「ミヤ君、なにがあったの？」

　ディーヴィは袖を戻して俺を見た。超魔覇天騎士団の関係者、と言われるのは引っ掛かるけど、この際それは言いっこなしかな、と思う。

「逃げて来た泥棒を捕まえたんだけど……そしたら、追いかけてきた人たちに殴られて」

「あなたの『力』は使ったの？」

「少しだけ」

「……なるほど」

ディーヴィはため息をついた。

「ミヤ君みたいな……その、弱そうな人が……相手を倒す側になってたから誤解されたのね。まあ、仕方ないか……」

弱そう、というのは若干引っ掛かるが、まぁ事実だから仕方ない。ともあれ、ディーヴィが保証人になってくれるのなら解放されそうかな――

――と、その時、何気なく路地の先を見た俺の目の端を、なにかが横切った。

「え？　あれは……」

俺は振り向いてそれを確認する。路地の奥を横切る人影、あいつは、さっきの――

「……いた！　真犯人！」

「……え⁉」

「……あ！　こら！」

俺は路地の中に駆け込み、男を追いかける――と、こちらに気が付いた男が振り向いて顔色を変え、走り去ろうとする。

「逃がさない！」

「力」は使いたくないけど、この際仕方ない。俺は目の前に手を突き出し、その男との間の空間に「無」を作り出した。


――ボンッ！


「……え!?　うああッ!?」

男が悲鳴をあげ、後ろ向きに吹き飛んできた。

空間に「無」が生まれると、その空間を埋めるために周囲の空間が縮んで、「無」の場所へ強い力で引っ張られる。水を張った桶《おけ》に穴が開くと、そこに水が吸い込まれるようなもの――だと俺は解釈している。山で羊が逃げたとき、捕まえるためによく使っていた技だ。

「……衛兵さん、こいつです。真犯人」

俺は目の前に倒れ込んでせき込む男を指して言った。男は俺を見上げて言う。

「ち、ちがっ……！」

「……さっきはよくも逃げてくれたな。人を身代わりにして……」

「ひっ……！　お助け……」

俺が男の顔の前に手をかざすと、男は観念した様子だった。

「おお……魔導機も使わずにあれほどの強力な魔法を……風の魔法か、または念動力《キネティック》か？」

後ろで衛兵が感心していた。どっちも違うけど、この際それは気にしないことにしよう。

「それほどの魔力……もしや名のある騎士様なのでしたか！　大変失礼をいたしました！　女騎士《デイム》ディーヴィのお知り合いだとも知らず……かくなる上はどのような処罰でも……」

「あ、いえいえ！　大丈夫ですから！」

ディーヴィは慌てて手を振る。

「あの、職務に熱心だったゆえのことですから……全然大丈夫です。どうか顔をあげて」

「そうはいきませぬ！　衛兵一筋二十年のこの私、自らの行いには責任を取る覚悟！」

「あ、え、えっと……」

暑苦しく食い下がる衛兵さんに辟易《へきえき》したディーヴィは俺の手を取り、引っ張った。

「私たちは、これで……行こう、ミヤ君」

そう言ってディーヴィは俺の手を引き、衛兵たちから離れた。

＊＊＊

「まいったね……職務熱心なのはいいことだけど、処罰とか言われてもねぇ」

少し離れたところで、ディーヴィはそう言って笑った。

「あ、うん……」

俺はまだ握られたままの自分の手を見る。

「あ……」

ディーヴィはそれに気が付き、慌てて手を離した。

「え、えっと……私が言うのもなんだけど、変なことに巻き込まれやすいのね、ミヤ君は」

背中を向けて顔を逸《そ》らし、ディーヴィが言った。俺は頭を掻《か》く。

「うーん……そうなのかなあ」

俺自身は普通に生活してるだけなんだけど。

「ミヤ君の力は規格外だからね。魔力級数《レベル》の数値に表れないっていうのもあるし。誤解を招きやすいのは仕方ないのかも」

ディーヴィはそう言って困ったように笑い、俺の先を歩いていった。それを聞いて、俺はふと、心の中にあった疑問が形になるのを感じた。

「そういうディーヴィさんも随分変わってるよね……」

「うん？」

ディーヴィが振り向いてきょとんとした顔をする。その表情は俺やリネットとあまり歳《とし》の変わらない女の子のもので、とても大陸最強の騎士のひとりとは思えなかった。

「だって、まったく気にしないでしょ。その……俺の力のこと」

俺はここ数日のことを思い出しながら言う。

「魔力級数《レベル》に表れない力って、この国では普通じゃなくって……だいたい、魔力がなければ見下されるのが当たり前で。それなのに、俺のこと騎士団に誘ったり」

「え……だって、ミヤ君すごい強いし。あの魔人卿《ダイモンロード》とか倒しちゃったじゃない？」

ディーヴィは足を止め、口元に手を当てて考え込んだ。

「というか、それに……まあ、超魔覇天騎士団にいるとそういうわけわかんない力を持った人とか、見慣れてるから……」

「……え？」

今度は俺がきょとんとする番だった。ディーヴィは首を傾《かし》げながら言葉を継ぐ。

「例えばあのワイスとか、遠隔視だけに特化した魔力で、他はてんでだめで、眉間に3つ目の目が出て、それにあんな姿だけど500歳超えてるらしいし……」

「え……まじで」

「変でしょ？」

いや、それは変というか——まあ、見るからに普通じゃないと思ってはいたけど——

「年齢で言うと、あのシャイ・リーンだって100歳超えてるらしいよ。あんなに綺麗《きれい》なのにね」

「えええええ⁉」

「あと、そもそも人型種族《ヒューマノイド》じゃないっていう人もいるし……あ、私はまだ会ったことないんだけどね」

「そ、そうなんだ……」

俺が呆気《あっけ》に取られていると、ディーヴィはそれを見て少し得意げに笑った。

「だからそもそも超魔覇天騎士団は、めちゃ強いはみ出し者の集団なのよ。レグルゥなんかも、割と特殊な経緯で超魔騎士になってるし……」

「え、そうなの？」

なんか「我こそは騎士道なり！」みたいな顔してるけど。

「元々はどこかの騎士団にいたらしいんだけど、騎士道にもとる振る舞いをする主君をボコボコに殴って出奔したらしいの。あの強さだから誰も手が付けられなかったみたい。それでセヴィーラ様が引き取ったのね」

ああ、そういう――

「……とにかく、その辺は帝都騎士団なんかと違うところだし、色んな考え方の人がいていいと私は思うの。そもそもひとりで軍隊ひとつ分、みたいな集まりなんだし、それぞれ考えが違って当たり前よね。別に誰が偉いとかないし」

「そんなのでいいの？」

「うーん……セヴィーラ様があういう方だし、まあね……あ、他のみんながどう思ってるかは知らないけど」

そう言ってディーヴィは困ったような顔で笑った。

不思議な人だな――と、俺は思う。大陸でも最強レベルの騎士のひとりのはずなんだけど――どうにもふにゃふにゃしてるというか。こんなところを私服で歩き回ってたり――

「……そういえば、こんなところでなにしてたんです？」

「えっ!?」

ディーヴィは急に顔を赤くした。

「い、いやその……今日は休日《オフ》っていうか……せっかく帝都に来たんだし、その……」

――と、そのとき、なにやら低い音が鳴った。音の出元は、ディーヴィの――お腹《なか》？

「……帝都に来るといろいろ、美味《おい》しいものがあるから……ね……」

ディーヴィが俯《うつむ》き、お腹を押さえながら言った。ああ、なるほど――

「……そっ！　そんなことより！」

ディーヴィが顔をあげ、慌てて言う。

「ミヤ君、宿に行くんでしょ⁉　どこの宿？」

「えっと、確か『一角熊《いっかくぐま》のねぐら亭』だかっていう……」

「おお⁉　私も帝都に来るとよく行くのよそこ。酒場の香辛料入り薄焼き小麦《スパイス・ピアダ》が美味しいのよね……！　あの香ばしい香りといったらもうね……」

そう言ってディーヴィは俺の先に立って歩き出す。

「またさっきみたいなことになったらいけないしね！　案内してあげる！」

「あ、はい……」

どうも他に目的があるみたいだけど――まあいいか。俺はディーヴィの後を追って歩き出した。

5. 羊飼いの少年、酒場で働く

――なんでこんなことしてるんだろう。

両手に木のジョッキを持って運びながら、私は考えていた。

「お姉さん！　こっちもうひとつ追加で！」

「おーい、こっちの料理まだー？」

「は、はい……今参ります……！」

旅の商人たちや、他国から来た騎士らしき者、建国祭を見物に訪れた各地の市民たち。様々な装《よそお》いの客たちが、わいわいと飲み食いし、笑い合って楽しんでいるその間を、私は右往左往する。えっと、あっちの皿を下げて、料理を出して、酒を注いで――

「お姉さん、可愛《かわい》いねぇ。こっちで一緒に呑《の》まない？」

「……ひっ⁉」

赤い顔をした好色そうなオッサン――初老の男に肩を抱かれそうになり、私は咄嗟《とっさ》に身をかわした。オッサンは無様に床に転ぶ。ふん、どうだ。超魔覇天騎士団のナンバー12を甘く見ないでよね――

「おーい新入り！　こっち頼む」

「……あ、はい、ただいま！」

酒場の大将に呼ばれ、私はそっちへ駆けていってカウンターの上にジョッキの束を置いた。えっと、次は――かき入れ時の酒場がこんなに忙しいなんて。私は目が回りそうになりながら料理の皿を手に取った。


――話は少し前にさかのぼる。

ミヤ君を連れ、私は街の城壁近くにある「一角熊のねぐら亭」へと向かっていた。一般的な宿屋《イン》と同じく、建物の上階が宿、一階部分は酒場になっているのだけど、この一階の酒場の料理といったらもう、帝都に来たら確実に食べたいもののひとつなのだ。どうせ寄るつもりだったし、ミヤ君を送り届けて主人に話を繋《つな》ぐついでに、香辛料入り薄焼き小麦《スパイス・ピアダ》を頼んでエールを一杯――ああもう、楽しみ、と思っていたのだけど――

「はーい、エールのジョッキね！　竜月鳥《りゅうげっちょう》の燻製《くんせい》ちょっと待ってね！」

「香辛料入り薄焼き小麦《スパイス・ピアダ》できたよ！　早い者勝ちだ！」

宿に辿《たど》り着いたときは、既に夕暮れ時になっていた。一階の酒場は大変な賑《にぎ》わいで、多くの人が飲み食いし、吟遊詩人の奏《かな》でる音楽に合わせて歌ったり踊ったり、店の外の通りにまで人がはみ出して騒いでいた。

「なんか、忙しそうだね……」

私の後ろでミヤ君が呟《つぶや》く。うーん、建国祭の前で人が多いのはわかっていたけど、こんなに？

「えっと……セヴィーラ様から話が行ってるはずなのよね。主人に話をしたら部屋に案内してもらえると思うんだけど」

しかし、この繁盛《はんじょう》ぶりではそもそも酒場の奥へ入れそうもない。

「どうしよう、出直した方がいいのかな？」

そう言いながら振り向くと、私の目にミヤ君の小柄な姿が目に入った。

——そうだ、この子は初めて帝都に来たんだ。先輩であるこの私がちゃんと導いてあげなくちゃ。

胸に湧き上がる使命感。そう、帝都には何度も来ているのだし、ここは手慣れているところを見せないとね。

「え、っと……そうね、裏手へ回ってみましょうか」

私はミヤ君に向けて言った。

「ここの主人には私も面識があるから大丈夫。ひとりで帝都に来た時もたまに泊まってるし」

私たちは建物の裏手へと回り込む。そう、なんといっても私は超魔騎士なのだ――いわばこの帝都では名士のひとり。見知った宿なんて手ぶらでも顔パスで入れる。はず。

「……えっと、ごめんくださーい」

通用口から中へと声をかける――が、誰も出てこない。

「やっぱり忙しいんじゃないかな……」

背後でミヤ君が言った。

「面識があるって言っても、今はちょっと厳しいのかも？」

――しまった。これでは私が調子に乗った勘違い女みたいじゃない。

「そ、そんなはずないよ！　きっと今のは聞こえなかっただけで……」

そう言って私は再び、通用口の中に声をかける。

「ご、ごめんくださーい！　あの、ご主人いらっしゃいま……」

――と、いきなり通用口が開いて恰幅《かっぷく》のいい女性が現れた。

「ああ、来た来た。待ってたのよ～」

ほっとしたという様子の女性を見て、私はミヤ君に得意げな顔を向けた。

「ほら、言ったでしょ？　ちゃんと顔が利《き》くんだから」

そして女性の方へと向き直り、頭を下げる。

「今日はお世話になります」

「はいはい、よろしくね。それじゃこれつけて」

そう言って私は布のようなものを渡される。ん？　これは——

「あなたはそのエプロンつけて酒場の方をお願い。厨房《ちゅうぼう》に大将がいるから、言われたとおりにお酒と料理を運んで、空いたお皿があったら下げて来てね」

「……えっと、あの……？」

「ほんともう、吟遊詩人がうちの店の料理を讃《たた》える歌を歌ってくれてから、大繁盛《だいはんじょう》でねえ。口入れ屋にお手伝い《バイト》の手配を頼んでよかったわあ。あ、あなたは裏の方へ回ってちょうだい！　そこにいる人に仕事のこと聞いて！」

「あ、はい……？」

恰幅のいい女性はそれだけ言うと、店の中へ戻っていった。

「あれ？　えっと……あれ？」

私はエプロンを手に持ったまま、その場に立ちすくむ。

「ミヤ君、これ……」

ミヤ君の方を見ると、手早くエプロンを身につけていた。

「これがセヴィーラ様の言ってたことだったんだね」

「え、どういうこと？」

「いくら騎士団だって、タダで宿に泊まらせてもらえるはずがない……つまり、話を通しておいたというのは、働かざる者食うべからず、と……！」

そ、そんなことはないと思うけど！　セヴィーラ様はお金持ちなので、普通に部屋を取ってくれたと思うよ！　私たち騎士が泊まるときの費用も払ってくれるよ——！

「いきましょうディーヴィさん。厨房が助けを求めています」

助けを求める声——そうか。

その言葉に私は手にしたエプロンを握りしめた。どんなことであれ、人が助けを求める声には応じるのが騎士としての務め！

「おおい、姉ちゃん！　早く来てくれ！　手が回ってねえんだ！」

——と、店の中から威勢のいい男性の声が私を呼んだ。

「は、はい！」

私はエプロンを身につけ、厨房へと向かった。

──と、いうわけで、大陸最強の騎士のひとりである私、超魔覇天騎士団のナンバー12、ディーヴィ・リエルは今、帝都で今もっともホットなグルメスポットである「一角熊のねぐら亭」でウェイトレスをしています。

「噂《うわさ》には聞いてたけどここの料理は美味《うま》いねぇ！　この魚の香草焼きなんか絶品だね！」

「あ、ありがとうございます。湖で獲れた新鮮な竜尾《りゅうび》マスを使っていて……」

手伝い《バイト》だとはいえ、店の料理を褒められたらうれしいものだ。そう、ここの料理は帝都に入る新鮮な食材を丁寧に下ごしらえし、注文を受けてから手早く調理して出されており、塩加減も絶妙で本当に美味《おい》しいのだから。あ、でもやっぱり香辛料入り薄焼き小麦《スパイス・ピアダ》が絶品だからそれも食べてみてほしいな──

「……って、あれ？」

私は下げた皿をカウンターの上に置いて動きを止めた。うん、そうじゃないぞ私。

「どうした新入り!?　皿は丁寧に扱って……」

「いやそうじゃなくて！　私はこんなことをしに来たわけじゃなくて……」

厨房の中で鍋を振っていた大将は一瞬、きょとんとした顔をしたあと、「ああ！」と笑顔を見せた。

「皿洗いと酒注ぎの方が得意か！　いやでも、べっぴんさんなんだからホールをやってもらえる方が助かるんだがなあ……」

「あ、いやそういうことでもなくて……」

そもそも私は、ミヤ君を送りに来ただけであって、ついでに料理を食べて、っていうはずだったのに――

「……そうだ、ミヤ君！」

私が普通に働いてるのもおかしいが、ミヤ君も巻き込まれて働かされているんだった。帝都に初めてやってきて、それはさすがに可哀《かわい》そうじゃない？　やっぱり早く誤解を解かないと――

「……あ、酒樽《さかだる》が空になっちまったよ！」

カウンターの中で酒を出していた恰幅のいい女将《おかみ》さんが言う声が聞こえた。

「おう、それならさっきの若いのが今取りに行ってら！」

大将が言う声に、女将さんが眉をひそめる。

「若いのって、手伝いに来た男の子かい？　あんな細い腕で酒樽なんか運べるのかい！」

――と、そこへ裏の通用口が開いた。

「持って来たよ。どこに置けばいい？」

身体《からだ》ほどもある大きな酒樽を両肩に2つ、その上にさらにひとつずつ重ねて合計4つ、担《かつ》いだミヤ君がそこに姿を現した。

「あら、まあ！　見かけによらず力あるのねえ！　それ、こっちに置いてちょうだい」

女将さんが目を輝かせて言った。

——違う。あれはたぶん筋力じゃない——

私にもどうやら、ミヤ君の力がわかって来ていた。自分にかかる力をゼロにする魔力——だから襲い掛かる魔法の炎弾も、剣による斬りつけも、ミヤ君の身体を傷つけられないし、巨大な酒樽も空同然の重さで持ち上げることができるのだ。

——まあ、私も機動剣《リープソード》を操る時の念動力《キネティック》を使えば、あれくらいできるけど。内心で対抗意識を燃やす私。

「おおい姉ちゃん！　こっちまだか！」

「あ、はいただいま！」

お客さんから声をかけられ、私は反射的にウェイトレスの仕事へと戻ってしまう。

「ああお兄さん！　竈《かまど》の薪《まき》が足りないから持ってきてくれない？」

「あ、はーい」

女将さんが頼むのに答えて、ミヤ君が裏へと向かっていくのが見えた。

＊＊＊

女将さんに言われて、俺はまた店の裏手へ回った。建物の壁に沿って積まれた薪をなるべく多く抱え、竈へと持っていく――

「……ん、ちょっと大きすぎるな」

そこに置いてある薪は割ってあるが、ちょっと仕事が雑だ。これだと火の勢いが落ちるし、大将も困るだろう。

俺は薪に手をかざした。

「……いよっと」

そして精神を研ぎ澄まし、「力」を放つ――と、太い薪が縦に割れる。

この前、レグルゥが見せた技――超高速の斬撃《ざんげき》によって真空を作り出し、斬り裂く真空斬刃《ソニックエッジ》とかって技を「無」の力を使って再現する。要領は虚空指弾《ヴォイドフィンガー》と同じだが、狙い通り斬るにはちょっとコツがいる――試しにやってみたけど、うまくいったみたいだ。俺はそれを抱え、中へ戻ろうとした――

「……ごめんくださーい」

と、裏口に誰かが来ているのが見えた。仕入れの納品だろうか、ロバに曳《ひ》かせた荷車と、その前に立つ小柄な人影。近づいてみると、栗色《くりいろ》の髪の少女が中へ声をかけていて——

「……って、リネット⁉」

見慣れた顔に俺は思わず声をあげた。振り向いたリネットもまた声をあげる。

「ミヤ⁉　なんでこんなところにいるの⁉」

そう言ってリネットは栗色の髪を揺らし、こちらに駆け寄ってきた。

「あの騎士団の人についていって、その後どうしたか心配してたんだよ？」

「うん、騎士団の人たちが帝都に来るついでに、俺も来てみようと思って……そっちは？」

「わたしはバーシーおばさんのお使いで山菜を届けに来たの」

「ひとりでここまで？」

「ロバ車に乗って来たし、大した距離じゃないよ。街道沿いは魔獣も出ないし……今夜は城門の外で行商隊《キャラバン》のキャンプに泊めてもらうし」

そう言ってリネットは笑った。相変わらず、行動的というかなんというか。俺は呆《あき》れる思いでリネットの健康的な笑顔を見た。

「おおい！　薪はまだかい⁉」

中から呼ぶ声が聞こえた。俺はそちらへ向かって叫び返す。

「おかみさーん！　裏に荷物届いてるから！」

「あらそうかい!?　それじゃ悪いけど、中に運んでもらえるかい!?」

中から怒鳴り返す声がした。

「あ、いいよ、わたし運ぶから！」

そう言ってリネットは荷車から麻の袋を取り上げる。

「あ、ごめん……こっちね」

俺は薪を抱えなおし、リネットを酒場の中へ案内した。


「おおい！　こっちの酒はまだかい！」

「すっ、すいません今すぐ！」

酒場の中はさっきからまたお客さんが増え、より一層騒がしくなっているようだ。喧噪《けんそう》の中をディーヴィが駆けずり回っている。

「あれ、あの人ってたしか……？」

山菜の袋を置いたリネットがディーヴィの姿を見て言った。

「ああ、そうそう、俺んとこに来た女騎士さん」

「なにしてるの？」

「ウェイトレス」

「……ふうん」

俺とリネットが見守る中を、ディーヴィは跳ね回るように働いていた。

「こっち、もう一杯！」

「こっちは料理の追加を！」

「ああもう、いっぺんに言わないでください！」

手に皿を抱えながらディーヴィは泣きそうな顔になっていた。

「……あの、わたし、手伝います！」

突然、カウンターの中の女将さんに向かってリネットが言った。

「え、だってリネット……」

「だって、なんだか大変そうだし……」

「あらぁ、手伝ってくれるの？　悪いわねぇ」

まったく遠慮する気配もなく、女将さんはニコニコしている。結局リネットはエプロンを締めて、ディーヴィと一緒に働き始めた。

「おおい、兄ちゃんはこっちを手伝ってくれ」

「あ、はい」

俺は大将に呼ばれて厨房《ちゅうぼう》の手伝いを始める。その間にも、リネットとディーヴィはぱたぱたとホールを走り回っていた。

「おおい！　またキレイどころが増えたじゃないか！」

「え？　どなたかご新規さんがいらっしゃいましたか？」

セクハラ爺《じじい》に天然ボケを返しつつ、リネットはてきぱきと料理を運ぶ。

ディーヴィはまだ、状況に戸惑っているみたいだった。俺はカウンターの中から、ディーヴィに声をかける。

「ディーヴィさん、そんなに慌てないで、もっと楽にやりましょう。こういうのって、力を入れすぎると却《かえ》って料理やお酒が零《こぼ》れちゃう」

「力を入れすぎると……？」

「一生懸命にやるよりも、自分の一番楽なやり方でやる方がうまくいくことって、あるじゃないですか？」

「自分の……楽なやり方……？」

――と、そんな話をしているところに、リネットの悲鳴が響いた。

「……きゃっ⁉」

客の足につまずいたリネットがバランスを崩して転びそうになり、手にした皿がひっくり返って――

――フュン

――料理は床にぶちまけられなかった。落ちるかと思った料理の皿が、宙に浮いて止まったのだ。

「……え？」

「……私の一番楽なやり方っていうと、これかなぁ……」

ディーヴィが手のひらをその皿に向けて立っていた。

「こちらの料理はどちら様でー？」

「あ……わしだけど」

ディーヴィの問いかけに手を上げて答えた老齢の客のところへ、その皿が飛ぶ。

「リネットさん！　お酒じゃんじゃん注いでください。運ぶのは私がやるから」

そう言いながら、テーブルの上に残った空の皿も宙に浮かせ、カウンターの方へと飛ばしていく。用意された酒も料理も、カウンターから客の下へ一滴も零すことなく運ばれた。

「うおおお!?　やるじゃねえか姉ちゃん！　念動力系《キネティック》の魔術遣いとはな！」

「これだけの力にはちょっとお目にかかれねえぞ!?　一体何者だい?」

「あはは……最初っからこれでやればよかったかな」

俄然《がぜん》盛り上がる店の客たちの中で、踊るようにその念動力《キネティック》を操り、ディーヴィは次々と皿を出しては片づけていった。客も面白がって注文を追加したり、皿を高く積み上げたりし始める。その悉《ことごと》くをディーヴィは鮮やかにさばいていく。厨房を手伝っていた俺から見ても、それは目を見張るものだった。やっぱり、なんだかんだ超魔騎士様なんだな——

「……これは一体、なんの騒ぎだ!?」

宿の上階から、禿《は》げ頭の男が顔を見せた。酒場に飛び交う皿を見て目を丸くする。

「おう主人!　新しく入った給仕《きゅうじ》の女の子、すげぇな!?　見ろよあの魔力!」

常連客らしき男からそう言われ、禿げ頭の主人はその騒ぎの中心に目をやる——

「でぃ、ディーヴィ様!?　いったいなにを!?」

「……あ、ご主人……いやこれはその……」

ディーヴィと目を合わせた宿の主人の顔面が、みるみる内に蒼《あお》くなっていった。

＊　＊　＊

「ふう……働いたあとのお風呂《ふろ》って最高ですね、ディーヴィさん」

わたしはそう言って、湯船の中で思いっきり身体《からだ》を伸ばした。全身の疲れが溶けていくみたいだ。

この「一角熊のねぐら亭」には、裏手の離れに自慢の大浴場があって、特別なお客様にはお風呂を沸かしてくれるらしい。こんなに手足がゆっくりと伸ばせるお風呂って、なんて贅沢《ぜいたく》なんだろう。

「そうね……ご主人には少し悪いことをしてしまったけど」

わたしの隣でディーヴィさんが浮かない顔をしていた。

「大丈夫ですって、女将《おかみ》さんは過去最大の売り上げだって喜んでましたし！」

「うん、まあそれはなんというか……」

あのあと、宿のご主人はそれはもう平謝りで、気の毒になるくらいだった。すごく偉い騎士さんに給仕をさせるなんて、と、泣いて衛兵に首を差し出すくらいの勢いで、ディーヴィさんが一生懸命それをなだめたのだ。

「まあ、拒否もせず働いたのは私だし、文句は言えないよね……それにちょっと楽しかったし……」

そう言ってディーヴィさんは笑った。はにかむようなその笑顔がとても可愛《かわい》くて、この人がすごく強くて偉い騎士さんだなんてわたしには未《いま》だに信じられない。だけど——

「あ……」

ディーヴィさんが湯船から立ちあがったとき、その背中に大きな傷跡があるのを見て、わたしはつい、息を呑《の》んだ。

「……ん？　ああ、これ？」

ディーヴィさんは少し、困ったような顔をした。

「騎士団に入る前にね、魔獣との戦いで……跡が残っちゃって。自分の未熟さへの戒めね」

「……」

わたしは改めて、目の前にいる人が騎士という「戦う仕事」の人であることを認識した。

「……ディーヴィさん、肌白くてすごくきれいなのに……胸も大きいし……」

「え？　あ、ありがとう……？」

顔を赤くして少し慌てたようなディーヴィさんは、どこにでもいる女の子のように見えて、それを見たわたしはまた少し切なくなる。

「すごいですね、ディーヴィさん……わたしとそんなに歳《とし》も変わらないのに……」

「そ、そんな……！　私だってリネットさんとなにも変わらないよ⁉」

そう言って、ディーヴィさんは背中の傷に触れる。

「私は騎士だから、こういうものが身体に刻まれる……ほら、リネットさんの手の豆と同じようなものよ」

そう言ってディーヴィさんはわたしの手に触れた。農作業や村の人の手伝いで日に焼けて、荒れた手。

「私の手は敵と戦ったり、なにかを切り拓《ひら》いたりする手。リネットさんの手は物を育て、人を慈《いつく》しむ手……どっちもすごいこと」

「そう……なのかな……」

わたしは俯《うつむ》いて、自分の手を見た。ディーヴィさんはわたしの目を見て言う。

「そう、作物を育てたり、料理をしたり……あと、料理を零したり？」

「あ、ひどい！」

口をとがらせて抗議すると、ディーヴィさんは笑った。つられてわたしも笑ってしまう。

「それにしても……」

ひとしきり笑ったあと、ディーヴィさんは眉を寄せて言った。

「……ミヤ君の手はあれ、どっちでもないな……プラスだろうとマイナスだろうと、どんな物事もゼロにしてしまう力……」

「………」

「まるでトランプのジョーカーよね。序列の中に入らない存在」

ジョーカー――ディーヴィさんがそう言うことの意味、わたしには少しわかるような気がした。どんな力でも傷つけることができない存在。そして使い方次第では、大きな影響を及ぼしてしまう力。

私は肩にお湯をかけているディーヴィさんに向かい、そっと口を開く。

「ディーヴィさん……『シンダービルの惨劇』って知ってますか?」

「え? それって……」

「わたしの住んでいるアルジウラから山を挟んで反対側に、シンダービルっていう町があります。そこで、十年前に起こった事件。一晩にして、町の住人のほとんどが魔獣に喰《く》い殺されたっていう、痛ましい事件です」

ディーヴィさんは眉間にしわを寄せ、わたしの話を聞いていた。

「ミヤは……その町の生き残りなんです」

「……え……」

ディーヴィさんが驚いた顔を、わたしは見られなかった。この話をするとき、どんな顔をしていいかわからなかったのだ。

「廃墟《はいきょ》になった町の中に、ひとりだけ立っていたんだっていいます。それでその後、アル

ジウラの方へ引き取られてきたんです」

「そうだったんだ……」

ディーヴィさんはしばらく黙っていた。わたしは言葉を選び、また口を開く。

「……町を襲った魔獣たちも、全滅していたっていいます」

「……え？」

「町の人たちと魔獣と、両方の死体が散乱するなかに、ミヤは血まみれで佇《たたず》んでいたんだって……」

「……それじゃ、まさか……！」

「ただの噂《うわさ》かもしれませんけど……村の人はミヤを気味悪がって、ミヤ自身も、みんなから距離を置いて生きていました」

わたしは昔のことを思い出していた。生まれ育った町を離れ、アルジウラの村へミヤがやってきたときのこと。村の人たちから気味悪がられながらも、控えめに、なるべく世界に影響を及ぼさずに、生きようとしてきたミヤのこと――

「ミヤのあの力は……そのことと関係があるみたいなんです」

「え……？」

驚くディーヴィさんの顔を、わたしは見返した。

「町に魔獣が攻めて来たとき、ミヤのお母さんがミヤを守って、それで……」

――その時だった。急に地響きがして震動が起こり、窓の外からなにか光が見えた。

＊＊＊

その時、俺は宿での仕事のあと、やっと宿泊客として認められて部屋を取り、リネットたちよりも先に風呂に入ってから、外で夜の空気を吸っていた。

夜になったら真っ暗になる田舎の山とは違い、帝都の街にはまだあちこちに光が灯《とも》っている。ランプや魔法の灯《あか》りを掲げて巡回する衛兵たちの姿もあった。

「星はあんまり見えないなあ」

やっぱり街が明るいと、星も引っ込むものなんだろうか。俺は夜空にそびえる皇帝の居城を見上げる。城の建物自体が青白く光り、帝都の夜を照らしていた。夜空にあんなものがあったらやっぱり、星の光も引っ込むんだろうな。

「……ん？」

俺はなにか違和感を覚え、城の様子に目を凝らした。青白く光る大きな尖塔《せんとう》の中に、なにか黒いものがある――？

「違う……あれは……！」

俺はその時、黒い点の正体に気が付いた。それは城の表面を動きまわり、塔の尖塔へとたどり着き、そして――

――ドォン！


夜空に赤い光が膨れて弾《はじ》け、轟音《ごうおん》がここにまで響いた。

「な、なんだ⁉」

近くにいた衛兵が驚き、城を見上げる。そこには、もうもうと上がる煙、ゆっくりと落ちていく残骸、そして――その後に姿を見せる、頂上の砕けた尖塔。

「城が⁉」

「いったいなんだ？　事故かなにか……？」

窓から外へ顔を出した宿の客たちや、轟音に驚いて外に出てきた人々が口々に言う。その中のひとりが、なにかに気が付いてあっ！　と声をあげる。

「あの塔って……『大結界』の核《コア》があるところじゃないか⁉」

――一瞬、辺りが静かになったあと、街は一気にざわめきだした。

「た、大変だ！　結界が消える！」

「なんでだ⁉　いったいなにが⁉」

「魔獣が街に入り込むぞ⁉」

不安げな人々の声が広がり、さらにその不安は広がっていく。衛兵たちは右往左往しながらも、お互いに声をかけあって走り出していた。

「ミヤ君！」

あの黒い点が——俺は今しがた見たものを思い出した。あの点は、たぶん——

「なにがあったの……？」

背後からの声に、俺は振り返る。ディーヴィが濡《ぬ》れ髪のまま駆け出してきていた。

「……あれ」

「え……っ⁉」

ディーヴィは城を見上げ、息を呑んだ。

「まさか……結界が⁉」

俺は頷《うなず》き、言葉を継ぐ。

「……この前のやつだ」

「……‼」

そう、さっきの黒い点は、おそらく——

「……これはこれは。やはりあなたでしたか、麗しの騎士様」

頭上から声がした。見上げるとそこには、夜空に紛れるようにして浮かぶ黒いシルエット――鍔広《つばびろ》の帽子に丈の長い上衣《コート》を纏《まと》った男の姿。

「魔人卿《ダイモンロード》・カルドゥヌス……!?」

ディーヴィがあげた声に、カルドゥヌスは含み笑いで答える。

「我が名を覚えていただいていたとは……光栄の極み」

「そんな……それじゃ、あれはお前が……？　いや……」

ディーヴィは砕けた城の尖塔を見て言った。

「どうやって結界の中に!?　魔人が入ろうとすれば、ただでは済まないはず……」

「……ふふふ、本当に厄介な結界だ。あなたたち人間の小賢《こざか》しさにはまったく、頭が下がる思いですなぁぁ」

そういうカルドゥヌスの声が、僅かに震えているように俺には思えた。

「我々魔人や魔獣の持つ負の魔力に強く反応し、ダメージを与え弾く結界……この帝都を包むその結界を、破ろうとすれば簡単にはいきません……しかし」

カルドゥヌスはその黒い上衣《コート》の前に手をあて――そして、それを開いた。

「強ければ強いほど、結界は強く反応する……だが、弱い魔力であれば、その影響は小さいのですよ……」

　開かれた上衣《コート》の下に現れたカルドゥヌスの身体《からだ》――腹の部分が砕け、背中まで貫通する大きな穴から青い血が流れていた。

「幸い、先日そこの坊やにやられてから、我は瀕死《ひんし》でございましてねぇ……フヒ、フヒヒヒ……だから今日は、あの塔を壊すので精一杯……」

　カルドゥヌスは肩で息をしていた。俺には感じ取れないが、その魔力も相当弱まっているのだろう。

「あ、あああ……」

　ディーヴィは蒼《あお》い顔で後ずさっていた。カルドゥヌスはその鍔広帽の奥の目を光らせ、こちらに向ける。

「……我はこれより、この傷を癒《いや》しに入ります。完全に癒えるまでに、丸一日といったところでしょうか……あの結界が元に戻るには、どれだけかかるのでしょうねぇ？」

　カルドゥヌスはそう言ったあと、急に笑い出す。

「フヒヒ……フヒャヒャヒャ！　楽しみだなぁ！　明後日《あさって》には、この帝都を嬲《なぶ》りつくしてやれるなあ！　魔獣の大軍を引き連れてなぁぁぁ！　ヒハハハハハハ！」

　――と、カルドゥヌスは急に笑いをやめ、真顔になり俺を指さした。

「お前……お前だ。この傷の恨み……いや」

その鍔広帽の奥の目になにかの感情が浮かぶ。

「この傷のおかげでここに来られたんだよなぁぁ。感謝の恨みってやつかなぁぁぁ……フヒヒヒ……」

「…………」

「お前みたいなやつを出し抜いて！　この街をぶっ壊して！　あの『石』も手に入れたら！　最ッッッ高に気持ちいいだろうなぁぁぁ！　お前が悔しがったら最高だなぁぁぁぁ!!」

「そんなことはさせない！」

——と、いつの間にかディーヴィが浮遊魔法《フライト》で空へ舞い上がっていた。そのまま、カルドゥヌスへと殴りかかる。

「おおっと！」


——ガキィッ！

カルドゥヌスは腕でディーヴィの拳を受け止めつつ、さらに上空へと舞い上がった。

「そう慌てるな……今日はまだその時ではないなあ……」

カルドゥヌスはそう言って自らの手をあげ――それを自ら、腹の傷口に突っ込んだ。

「……⁉　なにを……！」

「ぐっ……ふあああああ！」

自ら傷を抉《えぐ》り、その腕を大きく振り回す――


――ドドドォン！


「……なッ⁉」

飛び散った血が街に触れた瞬間、炎が炸裂《さくれつ》した。

「フヒ、ヒヒヒ……我が血は煉獄《れんごく》の炎……！　あの塔を爆砕するには、一握りの肉片を要したがな……」

それだけ告げて、カルドゥヌスはくるりと身体を返す。

「く……ッ！　待て！」

「フヒヒヒ！　さらば！」

燃える街にディーヴィと俺が気を取られた隙に、カルドゥヌスは舞い上がり、夜空に溶け込むように飛び去って行った。

＊＊＊

円卓を半分ほど埋める騎士が、部屋に揃《そろ》っていた。その中にセヴィーラ様も現れ、卓の席のひとつに座った。

それは、立場の上下を作らず、全員が対等な立場でその場に臨む円卓——この騎士団の盟主であるセヴィーラ様自身もまた、その一員として席に着く。

「ディーヴィ、今回は大変でしたね」

「はい……」

セヴィーラ様に声をかけられ、私は赤面して俯《うつむ》く。

「油断でした。帝都の結界の中で、休暇でもあったために武器も持っていなかった……そんなこと、言い訳にもなりません。もし剣があれば、あの場であいつに止《とど》めを刺せた。そうすれば、帝都が危機にさらされることも……」

「相手の覚悟が我らの想定を上回った。ただそれだけだ」

ナンバー6・「神剣」のウドウが低い声で言い、鋭い目を私に向けた。

「魔人卿《ダイモンロード》たちを侮《あなど》ったことはないが……ここまでの覚悟と戦略を駆使してくるとは予想

できまい」

ご、ごめんなさい――フォローされたはずなのになぜか心の中で謝ってしまう。

「ふうむ、やつらの側にも優秀な軍師がいるのやもしれぬな」

ナンバー4・「千年眼理」のワイスが答えて言う。その後ろで、ナンバー8・「渦動破壊者《ボルテックス・ブラスター》」のゲイハルが顎を撫《な》でた。

「明後日、いやもう明日か……」

万事に対して軽薄なこの人には珍しく、真剣な表情だった。

そう、あと2回朝が来れば、帝都に魔獣が攻めてくる――カルドゥヌスはそう告げて去っていったのだった。もしあの場でカルドゥヌスを討ち取ったとしても、それはたぶん変わらなかっただろう。そして私たちは、結界が消えた帝都を敵から守らなければならない。

「丸一日で傷を癒す、と言ったんだろう？　ということは、仲間がいるんだろうな」

「戦略を考える者が背後にいるのは間違いあるまい。周到に準備をしてくると見るべきだろうな」

「他の超魔騎士たちは間に合うかな？」

「難しいのう。今から連絡して、ぎりぎり間に合うかどうか」

ゲイハルとウドウのやり取りを、ワイスが飄々《ひょうひょう》と受ける。子どものような老人のようなこの男は、どんな時でもこの態度を崩すことはない。

「ま、こういうときこそ、帝都の騎士団に働いてもらわんとな」

私はこの帝都の騎士団長の顔を思い浮かべた。騎士にあるまじき肥えた身体で、本人は剣よりも政治の方が得意なタイプらしいけど。でもその配下の騎士団は正統派の実力者が揃っているはずだ。

「まず、守るべきは東西南北の城門。しかし、帝都騎士団と衛兵たちの戦力を分散するのは得策ではない、とアクィナス卿《きょう》には進言いたしました」

セヴィーラ様が言った。それに対し、ウドウが口を開く。

「帝都の衛兵たちと協力するのか？」

「……というと？」

セヴィーラ様が訝《いぶか》しげな目を向けると、ウドウは表情を少しも変えずに言う。

「王都を蹂躙《じゅうりん》するなどとは言っても、最終的な狙いは《聖杯》だろう。ならば防衛は帝都騎士団に任せ、我らは王城で《聖杯》を守る。その方が確実だ」

「ちょっと待って、帝都騎士団だけで街を守れ、と……!?」

思わず立ち上がった私に、ウドウは答える。

「我らの役目は元来、街を守ることではない」

「そんな、しかし……！」

私は一瞬、言葉に詰まる。そこへセヴィーラ様が割って入った。

「どちらの意見も正しいのです。わたくしたち超魔覇天騎士団の役目は防衛ではなく、魔の勢力と戦い、《聖杯》を守ること。ならば……」

セヴィーラ様は私とウドウをそれぞれ見て、言葉を継ぐ。

「城に辿《たど》り着く前に魔物を殲滅《せんめつ》する。街の人の命も、《聖杯》の防衛も、そして魔人卿《ダイモンロード》の首も、取れるものは全て取るのが皇帝配下最強の兵、超魔覇天騎士団です」

――こういう時のセヴィーラ様の不敵な笑いはずるい。あのふんわりとした優しい声で、優しい顔なのに、自信と信頼に満ちていて最高にカッコいいんだから。先ほどまでの張り詰めた円卓の雰囲気が、急に輝き出したみたいだ。

「わたくしたちがここにいたのは帝都の幸い、そして敵の不幸です。帝都の騎士団と連携し……敵を殲滅します」

ウドウは目を瞑《つぶ》り、セヴィーラ様に頭を下げた。

「仰《おお》せのままに。小鬼魔人《ゴブリン》の一匹たりとも通しはいたしませぬ」

セヴィーラ様は頷《うなず》く。

「帝都の戦力は北と東に集中してもらいます。ウドウと、それにレグルゥには西と南の門をそれぞれお願いします」

レグルゥも無言で頭を下げた。セヴィーラは円卓を見回し、続ける。

「……魔人卿《ダイモンロード》は恐らく、混乱に乗じて街の中に入り込むはず。ゲイハルは街の中を警戒してください。ワイスはここから皆に指示を」

「ご随意に」

ゲイハルがにこりと笑って応じ、ワイスは黙って頷く。順当な人選だろう、と私は思った。それで、えっと、私は――

「ディーヴィは街の上空で後詰《ごづ》めをお願いします」

――ああ、やっぱり。私は少し不安になる。

「帝都の空を、私ひとりで……？」

「空を駆け、あらゆる事態に対応可能な遊軍……それができるのはあなたしかいませんよ、『三重輝翼《トリスメギストス》』のディーヴィ・リエル」

セヴィーラ様は優しく笑った。

「それに……そのカルドゥヌスという者も必ずまたやってくる。魔人卿《ダイモンロード》級の相手に対しても、確実に対応しなくては」

「はい……」

それしかないのはわかっているし、セヴィーラ様に信頼を寄せられるのは嬉《うれ》しい――けど気が重いなあ。この戦い、かなり大変なものになりそう――

「……しかし、そう考えると少々、手が足りませぬな」

ワイスが顎に手を当てて言った。

「なにしろ帝都は広い……しかも相手は空からでも現れる。魔人卿《ダイモンロード》が現れれば、転移門《ゲート》を開くことさえあり得る。戦うことはできようが……街への被害は覚悟せねばならぬ」

円卓に緊張が走った。これだけの戦力が揃っているのだ。いくら魔人卿《ダイモンロード》が来ようと、犠牲を出すつもりで敵を殲滅するなら難しくはない。しかし今回、私たちは「全てを取る」と決めた。ひとりの犠牲者も、街への被害も出さず、勝つ――それが超魔騎士の勝ち方だ。

「シャイ・リーンがいてくれれば助かったのだが……」

確かに、あらゆる属性の魔力を操ることのできるシャイ・リーンなら、どんな状況にも対応することができる。その分私も楽になるし――とはいえ、それが期待できない以上、今の戦力で最善を尽くすしかない。

「人々の避難は進んでいますか？」

セヴィーラ様が言うのに、ワイスが応じる。

「城の広間《ホール》を開放し、そこへ避難させるだけでは足りぬ……家の周りに小規模な結界を張って凌《しの》ぐなどの手立ては講じているようだがの」

「城門の外に住む民も保護しないといけないね」

ゲイハルがワイスに言った。セヴィーラ様はそれに頷きながらも、真剣な面持ちで言葉をつけ足す。

「……わたくしたちがなんとかするしかないようね」

みんな、黙ってしまった。不安を覚えているわけじゃない。それぞれが、ひとりの犠牲者も出さずに帝都を守り切るためにどうするべきか、必死に考えているのだ。

私たち超魔騎士は、強大な魔力を持っているがため、その手が届く範囲が人より広い。だからこそ、背負うものが大きい——守れなかったときの後悔が、大きい。

「力を持つ者の責任」。大きな力を、なんのために使うか。力を持たない人々を守り、彼らのために尽くすことこそ、力を持った者の責務だと、言うのは容易《たやす》い。

だけど——と私は思う。手が届く範囲の人を守れなかったら、やっぱり後悔が募る。それは力ある者の義務を果たせなかったからじゃなくて、手が届かなかったからだ。大きな力を持って、大きな手を持ってしまったからだ。

もし、私がもっと弱ければ、そんなことで絶望しなくて済んだのかな、と思うこともある。そしてそれを思うたび、私は自己嫌悪《けんお》に陥るのだ。

「……なんとかするさ。俺たちは超魔騎士だからな」

ゲイハルがその場の沈黙を破り、言った。みな頷いたが、ただひとり、レグルゥだけがぴくりとも動かなかった。

＊＊＊

「明日、魔物が攻めてくる」

それがわかった帝都の街は、上を下への大混乱——かと思いきや、意外とそんなことはなかった。みんな不安そうな表情を交わしてはいるけど、淡々とやるべきことをやる、といった風だ。もちろん、中には大騒ぎするようなやつもいる——例えば今しがた、俺が取り押さえたこの人みたいに。

「終わりだぁ……帝国はもう終わりなんだぁ……『紅の世紀』がまたやってくる……」

「はいはい、そうならないためにみんな頑張ってるんだから、邪魔しないようにね」

俺は宿屋の納屋《なや》に放り込まれた男の前に、ジョッキを置く。

「……これは？」

「お茶です。ゆっくり飲んだら落ち着くから」

男は俺とそのジョッキとを見比べながら、それを手に取って口に運んだ。

「……んっ……はぁ……」

「落ち着きました？」

「あ、ああ……だけどこんな高価なもの……」

それは飛空牙城《がじょう》を去り際、セヴィーラ様のところにいた若いメイドさんが分けてくれたお茶の葉だった。帝都の市場にもお茶はあったけど、やっぱりとても高価なものらしい。貴族とかはああいうのを普段から嗜《たしな》んでいるからこそ貴族なんだな。

「……不安なのはみんな同じです。周りのみんなが不安がってないからって、自分の不安を押し付けて騒いだってなんにもなりませんよ」

「………」

「それ飲んで、少し大人しくしててください。しばらくしたら開けますから」

そう言って俺は納屋の扉を閉め、中から開かないようにつっかえ棒をかました。

「ミヤ君、ちょっとこっち手伝ってくれるかい!?」

母屋《おもや》の方から女将《おかみ》さんが顔を出して俺を呼んだ。

「いまいきまーす」

俺はそう返事をして足早に母屋へと向かう。

俺は昨日から引き続き、「一角熊のねぐら亭」を手伝っていた。と、言うか、この宿屋が近隣の住人たちの避難所になったから、たまたま宿の手伝いをしていた俺はそのまま、女将さんの手伝いに回ってしまったんだ。

「長くやってるけど、こんなことは初めてだよ」

「そうでしょうね」

一階の酒場に肩を寄せるようにして集まった人々のためにあちこちへ物を運びながら、女将さんはぶつぶつとボヤいていた。

「ぎゃああああ！」

酒場の中には先ほどから、赤ん坊の泣き声が響いていた。若い母親が抱きかかえ、それを一生懸命あやしている。その横にリネットが立ち、一緒になって赤ん坊をあやしているのが見えた。

「ほうら、いい子だねー。大丈夫だからねー」

と、その近くから別の客が声をあげる。

「おう姉ちゃん！　そいつを早くなんとかしなよ。ただでさえ窮屈なのに、うるさくてかなわねぇや」

「ごめんなさい、この子も不安みたいで……」

リネットが頭を下げた。若い母親が絶望的な顔になる。その顔を見て、俺はちょっとイラッと来た。

「ちょっとおじさん、そんな言い方……」

俺はその男に向かって言おうとして——その前に、別の怒号が響いた。

「なんだいなんだい、子どもは泣くのが仕事なんだからね！　ガタガタ文句を言うんじゃないよ！」

酒場中に響き渡る女将さんの声に、男は思わず首をすくめる。

「お、おう……」

「いいからあんたらも、黙って自分の仕事をするんだね。こういう時の男の仕事ってのはね、でんと構えて堂々としてることさ！」

女将さんに怒鳴りつけられた男は首をすぼめ、すごすごと引き下がっていった。

「すいません、女将さん」

「リネットちゃんが謝ることじゃないよ。まったく、あとで騎士団からたっぷりとお金をもらわないと釣り合わないね」

女将さんはボヤきながらまたてきぱきと働き出した。若い母親が少し安心した顔で子どもをあやしに戻る。その安心感が伝わったのか、赤ん坊は徐々に泣き止《や》んでいった。

リネットはほっとした顔をして、俺の方に向き直った。

「ここは大丈夫だから、ミヤは井戸から水を汲《く》んできてくれない？　甕《かめ》をいっぱいにしておかないとって、ご主人さんが。わたしはここを離れられなくて」

「ん、わかった」

それにしても、こういうところでいつの間にか、元からいたみたいに馴染《なじ》んでしまうのはリネットの得意技だ。ま、俺としてもその方が働きやすいし助かるけど。

「水桶《みずおけ》はそっちね。あと担《かつ》ぎ棒が裏に」

俺は言われた通りに水桶を抱え、裏口へと向かった。

「……なあ、結界は間に合うのかい？」

宿の裏手で、避難してきた住人の何人かが法衣《ローブ》を纏《まと》った男と話しているのに出会った。男が身につけているのは帝国の紋章の入った法衣《ローブ》――さっき聞いた話だが、あれはどうやら帝国直属である大魔導院の導師らしい。

「この宿を包む分はもう仕上がりますから、ご安心を……」

若い導師がそう説明する。城の騎士団がこの宿屋を避難所にすると決め、小規模な結界を張るために大魔導院から派遣されてきたのだという。

「だけど簡単なものなんだろ⁉　魔人卿《ダイモンロード》級の敵が来たら耐えられないんじゃないか！」

「城の大結界はいつ修復するんだ⁉」

住人たちはそう言って若い導師に詰め寄った。導師も説明に苦慮している様子だ。

（大変そうだな）

俺は素直にそう思った。帝都の大結界は、魔人卿《ダイモンロード》とかいう強力なやつでもそう簡単には破れないのだという。この大きな街をすっぽり包む大きさのそれは、一日やそこらで復旧できるようなものじゃないらしい。その中でこの街は栄えていたわけで、それがなくなったらみんなが動揺するのはわかる。とはいえ、俺たち帝都の外の民はそれこそ、いつも結界とかないところで暮らしてるんだけど。

「宿にいれば大丈夫です。ここが標的になるようなことはまずありませんから。あとはお任せください。超魔覇天騎士団も防衛戦に参加しますから……」

――そうか、あの人たち――セヴィーラさんやディーヴィさんも戦うんだ。それじゃ、俺も自分の仕事をしなくちゃ。

俺は水桶を肩に担ぎ直して、井戸へと向かった。

街の井戸には多くの人が訪れ、列を作って水を汲んでいた。避難所になっているところは「一角熊のねぐら亭」だけじゃないらしいし、どこでも事情は似たようなものなのだろう。俺は順番を待ち、自分の水桶に水を汲む。

「……ミヤ・キネフィ」

――不意に、後ろから声をかけられた。井戸桶を引き上げる手を止め、振り返ると、そこには浅黒く分厚い身体《からだ》の男が立っていた。

「……どうしたんですか、こんなところで」

俺はその男――レグルゥに返事をし、水を汲み上げる作業に戻る。他の人たちも待っているんだし、迷惑をかけちゃいけない。

「……吾輩《わがはい》は明日、南の城門を守る」

レグルゥが話すのを、俺は背中で聞いていた。

「我が超魔覇天騎士団のナンバー6・神剣のウドウが西の門、北と東は帝国の騎士団と衛兵たちである」

「そうですか」

「他に二人、ゲイハルが街の中を、ディーヴィが空からの攻撃に備える。だが、それだけで守り切れるかはわからん」

「…………」

俺はなにも言わず、水を汲んだ。

「……セヴィーラ様は、ただひとりの犠牲も出さぬ覚悟だ」

レグルゥが言った。

「できることをするのではない。できる以上のことをし、全ての目的を果たす。それが我ら騎士の務めであり、力ある者の義務。我らを信頼し、それを課すセヴィーラ様のなんと気高く美しいことか！」

「……そうですね、立派だと思います」

俺はレグルゥの話を聞きながら、水を汲み続けた。レグルゥは話を続ける。

「……お前と刃《やいば》を交えたとき、吾輩は確かにお前の『美学』を感じたのである」

なんて答えたらいいかわからないので、俺は黙っていた。

「力を持つ者が徒《いたずら》にそれを振り回し、人を踏みにじってはならない……お前のその意志は正しい。方向は違えど、我が騎士道にも通じるものだ」

「……そんなに立派なもんじゃないです」

俺は水を汲み終わり、桶を担いで立ち上がった。

「俺は臆病なただの羊飼いだから……自分が周りの誰かになにかするのが怖いんです」

——それはたぶん、俺の正直な気持ちだったと思う。魔力級数《レベル》で評価される世界はわかりやすい。修練を積めばきっと、よりよい生活を目指すこともできる。でも、俺はそんなこの世界の理から外れてしまっているんだ。だから俺がなにかすると、この前泥棒を捕まえたときみたいにややこしいことになる。

「……俺がなにかすると、大体みんな期待しない結果になります。この世界のルールを覆《くつが》えしちゃうから」

「たとえその結果、この帝都が滅び、大切な人間が殺されても、であるか？」

「………………」

俺が黙っていると、レグルゥは踵《きびす》を返した。

「……敵との戦いは任せるがよい。お前は自らの美学に従い、できることをやれ」

そう言ってレグルゥは立ち去っていった。

＊　＊　＊

宿に戻り、汲んできた水桶を肩から下ろして、俺はふう、とひと息ついた。

「宿の方も、ちょっと落ち着いたかな？」

見上げると、ちょうど太陽が西の山へ沈むところだった。そういえばあの方角は、俺が育った山の方だ。

――あの太陽がまた昇る頃には、この帝都に魔物が攻めてくる。

夕暮れの空の下に広がる帝都は、あの山の上から眺めても端から端までが視界一杯になるくらい広い。これをすっぽり包んでいたという結界もすごいけど——身を挺《てい》してそれを破壊し、この帝都に攻めて来ようとするあのカルドゥヌスの執念も、俺にとっては異次元の話に思える。

「……大丈夫だから、ね？」

聞き慣れた声が聞こえて、俺は振り返った。リネットが小さな女の子の前でしゃがみ込んでいた。

「今日はもう暗くなるし、明日は大変だから……終わったらお姉ちゃんが一緒に捜してあげるから」

「どうしたの？」

俺はそちらへ行ってリネットに話しかけた。リネットはこちらを見上げ、言う。

「可愛《かわい》がってた仔猫《こねこ》が心配みたい。街のどこかにはいると思うんだけど……」

「アルっていうの。白と黒のブチ猫で、ちょっとブサイクなんだよ」

女の子が必死に訴える。

「うちの裏の井戸のところでいつも丸くなっててね、あたしが挨拶するとニャーッて返してくれるの！　アル、おうちがないから、アルもひなんしないとだよね？」

「……そっか。でも、今から街に出たら危ないよ。もうすぐ魔物が来るから……」

「……アルもまものに食べられちゃう？」

泣きそうになった女の子に、横からリネットが笑いかける。

「大丈夫だよ、強い騎士様たちが守ってくれるからね」

「きしさま？」

「そうだよ、どんな悪いやつでもやっつけて、お姫様を守ってくれるとっても強い騎士様。きっとアルのことも守ってくれるからね」

「……うん」

リネットは笑って女の子の頭を撫《な》で、宿の中へと連れて行った。

「……そうだよな、仔猫だからって放っておけないよな」

子どもにとっては短い人生の大きな一部分で、自分の手の届く大切な世界の一部なんだ。白と黒のブチ猫、あとで捜してあげなくちゃ——と、そんなことを考えて街の方へ目をやった、その時だった。

「…………？」

ボロ布を身に纏ったみすぼらしい格好の男が、宿の前の道に立ってこちらを見ていた。目深《まぶか》に被《かぶ》ったフードの奥の顔は窺《うかが》えないが、顎は無精ひげで覆われてその肌はやつれている。手には木の粗末な杖《つえ》を持ち、それに身体を預けるように立っていた。

「……あれ？」

その男を目にしたとき、俺は眩暈《めまい》を感じた。

——リィン

目の奥で、鈴の鳴るような音が聞こえた。なにかが脳裏に浮かぶ。暗所に差し込む光と、青空に浮かぶ、船——？

「……少しよいかな」

不意に声をかけられ、俺は我に返る。見ると、先ほどの男が目の前にやってきていて、俺に話しかけていた。

「あ、ああ……はい？」

俺は頭を振って先ほどのイメージを頭から追い出した。ボロ布を纏った旅人らしき男は、カサカサに乾いた口を開く。

「すまぬが……水を一杯、いただけんかな」

「ああ、はい……」

俺は近くにあった木の器《うつわ》を使い、桶から水を一杯汲《く》んで男に手渡した。男はそれを大事そうに両手で持ち、口に運ぶ。

「っていうか、中に入ったら……？」

俺はそう言って男を宿の中に案内しようとしたが、男は首を振ってそれを拒絶した。

「私のような者がいては皆に迷惑だろう」

「でも、明日には魔物が……」

旅人のフードの下に見える口が笑った。

「……私は死ねない身体ゆえ」

「え？」

ボロ布を纏《まと》った旅人は、器を俺に返し、言った。

「……心配はいらぬ。明日の帝都は無事だったよ」

「はあ……？」

なにを言ってるんだろう、この人は。俺はそのフードの奥を覗《のぞ》き込もうとした――

「ミヤー、ちょっとこっちお願いってー」

建物の中からリネットの声が聞こえて、俺は振り返る。

「あ、今行くー」

そう叫び返し、正面に目を戻す——と、そこにいたはずの男はいつの間にかいなくなり、そのあとに風が渦巻いていた。

「……お前に会えてよかった」

そう言う声が聞こえた気がした。

6．羊飼いの少年、帝都を駆ける

「これは……想像以上じゃったのう」

ワイスは額の目を閉じ、両の目を開けた。第三の目で先ほどまで見ていた光景――帝都へと迫る魔獣の大軍。東西南北から、それぞれ迫る黒い群れ。

「多くとも二方面くらいと踏んでいたが……甘かったかのう」

自嘲気味に顎を撫でるワイスに、セヴィーラが声をかける。

「わたくしたちのやることは同じです」

「……ま、それはそうじゃな」

時は明け方。太陽が東の空に姿を現したのと同時に、魔獣たちは姿を現していた。地平線を埋め尽くすその黒い雲のような大軍は、すでに城門からも目にすることが出来る。

「まずはお手並み拝見と参ろうかの」

ワイスは額の目を開き、帝都騎士団が守る北の門へと意識を移した。

「来るぞ！　総員、構え！」

指揮官が叫び、伝令が駆ける。魔導槍《ランサー》を構えた一隊が一歩前に進み出た。

「まだだ……もっと引き付けろ」

指揮官が魔獣を睨《にら》む。小鬼魔人《ゴブリン》のような小型のものから、牛頭鬼人《ミノタウロス》や梟熊魔獣《アウルベア》といった大型の魔獣まで。あらゆる種類の魔獣たちが城壁に向かい、地響きを立てながら迫っていた。

「……弓兵！　放て！」

号令が全軍に通達され、小隊長が檄《げき》を飛ばす。城壁の上に並んだ兵たちが弩弓《クロスボウ》につがえた太矢《ボルト》を放ち、殺意の雨が魔獣の群れへと飛ぶ。


——ウオオオオオン！


矢の雨は魔獣の群れに突き刺さり、何体もの魔獣が斃《たお》れる。しかしそれを合図としたかのように、魔獣たちは雄叫《おたけ》びをあげ、駆け出した。

「……今だ！　足元を狙え！」

指揮官が次の号令を放つ。魔導槍《ランサー》を構えた歩兵の一団が、その穂先から一斉に破壊魔法を放った。

炎が、電撃が、氷の弾丸が、弾《はじ》けた。

突撃の態勢に入った魔獣たちの目前で弾けたそれらの破壊魔法の炸裂《さくれつ》は、魔獣の威勢を削《そ》ぎ、怯《ひる》ませるのに充分な威力だった。何体かは直撃を喰《く》らい、斃れて後続の障害となる。

「騎士隊、行くぞぉーっ！」


――オオオオオ！


鬨《とき》の声をあげて騎士たちが駆けた。魔動二輪艇《バイローダー》に跨《また》がり、突撃槍《ランス》を、剣を構えて魔獣たちの中へと突撃していく。人間と、装備と、そして魔導二輪艇《バイローダー》の質量を運動エネルギーへと変え、刃《やいば》の先へと乗せて魔獣の身体《からだ》へ叩《たた》きつけていく。

正面を完全に砕かれた魔獣の群れは、一気に混乱に陥った。そこへ、弓兵の第二射が突き刺さる。騎士たちは魔動二輪艇《バイローダー》で敵中を駆けまわり、またある者は降りて徒歩《かち》となって剣を振るい、魔法を放って魔獣たちと戦う。魔導槍《ランサー》を構えた歩兵隊が前進し、それを支援する。戦列は乱戦となり、怒号と咆哮《ほうこう》、剣戟《けんげき》音と炸裂音で平原が染まっていった。

「……守勢にならず、相手の勢いを挫《くじ》いて前線を押し上げ、叩く。帝都騎士団長殿もなかなかやるようだ」

ワイスはその様子を見ながら呟《つぶや》く。

「我々もそれに倣《なら》うべきだろうかの、皆の衆？」

『言われなくとも、そのつもりである』

円卓の中央に置かれた魔導機を介し、レグルゥの声が返って来た。

＊　＊　＊

レグルゥは南の門の前にひとり立ち、地平を埋め尽くす魔獣の大軍を睨んでいた。

『雷足のレグルゥの真骨頂ってとこだろうかの？』

『ここしばらく負けたところしか見てないからな』

魔導篭手《ガントレット》から仲間たちの声が聞こえる。正直なところを言えば、できればあの少年との立ち合いは除外してもらいたいところだが——しかし、どちらかと言えばこうした状況の方が得意なのは確かだ。

「……任せていただこう」

言葉でいろいろ言っても仕方がない。自らの力も、美学も、その行動で示す——それこそが騎士の在り方。ならば、今こそがまさにその時であった。

レグルゥは霊剣「ヴェクトニトゥラ」を構える。その刃に火花が奔《はし》った。

超魔覇天騎士団・ナンバー9・「雷足」のレグルゥ
魔力属性：雷
魔力級数《レベル》：39879

騎士の家に生まれ、その恵まれた才を伸ばして来たレグルゥにとって、磨き上げてきた技と魔力は自らの人生そのもの。騎士としての義務、責任を果たすための力に他ならない。理想を貫き、体現するだけの天賦が、レグルゥにはあったのだ。

だが、長じて小国の騎士団に入った時、そこに彼の理想は存在しなかった。騎士たちは皆、自らの地位を守ることに汲々《きゅうきゅう》とし、小さな優越感を満たすことにばかりかまけ、主君は部下や民を自分の贅沢《ぜいたく》のために酷使していた。

その騎士団を出奔し、セヴィーラに仕えて超魔騎士となった今ならわかる。彼らはただ、弱かっただけなのだ。世界に押しつぶされ、理想や責務を目指せなくなったのだ。

だが、ならばこそ強き者は、その理想を体現しその責務を果たし続けなくてはならない。「美学」を世に伝え続けなければならない。

そしてレグルゥは――一対多数の戦いでは無類の強さを誇る、世界最速の重戦士となった。戦場にただひとりだけ残されても、その理想を体現し立ち続けるための、それは必然だったのだろう。

「魔王の意志に操られた獣どもよ……その魂を我が雷撃で浄化してくれよう！」

レグルゥが身構え、「ヴェクトニトゥラ」が雷を纏う。

魔獣たちの咆哮が響いた。蜥蜴鬼人《リザードマン》が、人喰い巨人《オーガ》が、暴猪魔獣《エリュマントス》が、大地を蹴り、駆け出す。

「……参る！」

それに呼応し、レグルゥも駆けた。雷空転移《サンダーステップ》――全身に纏った雷と磁力の力で慣性質量を殺し、直線距離を瞬間的に駆ける。一閃《いっせん》の稲妻となったレグルゥが、魔獣の大軍の中へと突き刺さる。

――ズッシャァァ！

まさに雷鳴の如《ごと》き衝撃と共に、魔獣の群れが弾ける。レグルゥの振るった霊剣の剣先が、雷空転移《サンダーステップ》によるスピードを加えて音速を超え、ひと塊となった雷撃と衝撃、斬撃《ざんげき》が数十匹

の魔獣をまとめて蒸発させた。

「まだまだ行くぞ！」

稲妻は鋭角に方向を変え、縦横無尽に魔獣の群れを駆ける。破壊を撒《ま》き散らしながら、レグルゥは魔獣の群れを斬り裂いた。その通り過ぎたあとには稲妻形《ジグザグ》に、焼け焦げたものと砕け散ったものとが散らばっていった。

魔獣たちはなにが起きているかわからないまま、ヴェクトニトゥラの刃にかかり、また衝撃の余波を受け、絶命していく。混乱の中、敵の存在に気が付いた魔獣もいたが、だからといってその姿を捉えることはできず、数瞬後にはその首を斬り飛ばされていく。

レグルゥがミヤとの立ち合いの際に、「一週間でも技を放ち続ける」と言ったのは虚勢《はったり》などではない。このままレグルゥは魔獣を蹴散らし尽くすまで、動きを止めることはないだろう。帝都の南門では、早くも戦いの趨勢《すうせい》が決しつつあった。

＊　＊　＊

『レグルゥは奮闘しているようじゃぞ』

魔導篭手《ガントレット》から聞こえるワイスの声に、ウドゥはその両目を開く。

帝都の西の城門。もっとも大きな街道に面した入り口である。それゆえに、城門の外にも街は広がり、緩やかに降る広い街道の左右には馬屋や宿屋が連なっていた。行商隊《キャラバン》が荷を広げる場所もある。

ウドウはその街道の向こう側に迫る魔獣たちを見た。住民たちの避難は済んでいるとのことだが――街を壊すわけにもいくまい。

「全てを守れ、というのが我が盟主様の意志なのでな」

ウドウは腰に差した剣に手をかけた。一般的な騎士が手にするような汎用直剣《バスタード・ソード》ではない。緩やかに湾曲した片刃の刀剣――ウドウの故郷である東方の剣術で使われる刀である。レグルゥの持つような神器でもなく、魔導機でもない。しかし、灰輝銀《ミスリル》を精妙に鍛え上げたその刀身は岩よりも硬く、且《か》つ柔軟さをも兼ね備えた技術の結晶。鋼より硬い竜《ドラゴン》の鱗《うろこ》でさえも、容易《たやす》く斬り裂く業物《わざもの》である。

それほどの剣を、ウドウのような達人が持つ。それが、どういうことか――

――ヒュン

先ほどまで腰の鞘《さや》に納まっていたその刀が、いつの間にか虚空《こくう》に現れていた。たとえワイスが第三の目を開き、近くでその様子を観察していても、その抜刀の瞬間を目に捉えることは敵《かな》わなかっただろう。

ウドウの立つ城門から、城壁の外に広がる街の、その先に迫っていた魔獣の先頭の集団が動きを止め——その上半身が滑り落ちた。

超魔覇天騎士団・ナンバー6・「神剣」のウドウ
魔力属性：なし
魔力級数《レベル》：41386

ウドウの魔力は主に、身体の中に発揮される。空間を超え、敵を斬り裂いた斬撃《ざんげき》は魔法の技ではない。レグルゥの放った真空斬刃《ソニックエッジ》と同じ、音速を超えた剣先の衝撃波で敵を斬り裂く、純粋な剣技だ。が、その斬撃の収束性と精密さ、斬れ味は、大雑把とも言えるレグルゥの技の比ではなかった。

魔獣を両断した技は、超魔戦技・首斬りの刃《ヴォーパルブレード》——遥《はる》か遠く離れたネズミの首さえも一瞬で斬り落とすという。世界にただひとり、ウドウしか遣い手のいない技である。

「……むんっ！」

ウドウは続けて刀を振るう。2度、3度——灰輝銀《ミスリル》製の刃がまるで、羽根のように舞う度に、街の先で魔獣たちが2つに、3つに切り分けられ、崩れ落ちていった。それはさながら、なにもない空間に描かれた斬撃の結界。ウドウの立つ場所を中心として描かれる円の、その中に入ることが出来る者はいない。魔獣たちはその見えない斬撃の壁を前に、躊躇《ちゅうちょ》する素振りを見せていた。

「……本当はこのまま、待ち続ける方が楽なのだがな」

その技の特性上、ウドウの戦術はレグルゥとは対照的だ。敵中に斬り込むのではなく、待ち受けて斬り落とす。引いて守る態勢になれば、ウドウに近づくことの出来る者はそうはいない。

帝都を犠牲にしてでも城で待ち受ける方が、戦術としては正しい。しかし、今回はどうやらそういうわけにもいかないようだ。

「猪突《ちょとつ》猛進馬鹿のレグルゥを真似《まね》るのは癪《しゃく》だが……奴《やつ》に出来ることが俺に出来ないなどと、ゲイハルあたりに後で言われるのもまた癪だ」

ウドウは一瞬腰をかがめ——そして次の瞬間、刀を携えたままに駆け出した。

「超魔覇天騎士団・神剣のウドウ！　ここを通りたくば俺を倒していくがよい！」

大声で名乗りをあげながら、再び剣を振るう。剣が閃《ひらめ》くその度に、魔獣が斃《たお》れていく。

魔獣たちは街道をこちらに駆けてくる人影に気が付いたようだ。どうやら、注目を集めるのに成功したらしい。

街道を一気に駆け抜けたウドウは、魔獣の群れの眼前へと迫っていた――と、その正面に一つ目巨人《サイクロプス》が数体、立ちはだかる。

――ウオオオン

言葉にならない咆哮《ほうこう》と共に、一つ目巨人《サイクロプス》たちが襲い掛かる。その周囲の魔獣たちもまた、仲間たちを斬り裂いた張本人を認識し、ウドウに殺到する。

――キィン

瞬間、薄いガラスを弾くような甲高い音が鳴り響いた。それはまるで、空気そのものが震え、高周波の音を発したかのようだった。

「……超魔戦技・首切りの千刃《ヴォーパル・サウザンド》」

いつの間にか鞘へと納刀されていた刀の柄《つか》を、ウドウは軽く叩《たた》く――と、一つ目巨人《サイクロプス》たちに、そしてウドウを取り囲んでいた魔獣たちに無数の亀裂が奔り――

――ズドォォッ

文字通り細切《こまぎ》れとなった魔獣たちが、崩れて地に落ちた。

「……続けようか」

ウドウは顔をあげ、目前に広がる魔獣の群れを見た。魔獣たちは吼《ほ》え、いきり立ってウドウへと襲い掛かった。

＊　＊　＊

宿屋の中にまで轟音《ごうおん》が聞こえてきていた。城壁の外で戦いが始まったみたいだ。

「一体どうなるんだろうな……」

厨房《ちゅうぼう》の中で大将が呟《つぶや》いた。「一角熊のねぐら亭」一階の酒場に避難した人々は、音が聞こえるたびに不安げな目配せを送り合っていた。

「気にしても仕方ないだろ！　ねえミヤ」

「え？　ああ、はいそうですね」

いつの間にか呼び捨てにされていることは置いといて、俺も女将《おかみ》さんの意見には賛成だ。

「だが、もし魔獣が入り込んだりしたら、この宿の結界は……」

言い返す大将に向かって、俺は声をかける。

「それは大丈夫ですよ」

「そうかい？」

「だって騎士団が戦ってるんだから。それでどうにかなんなかったら、この宿屋の結界なんか役に立ちません」

「いや、それなんにも安心できないから……」

――心なしか、周りの人たちからの視線が冷たい。なにか間違えたかもしれない。

「……心配いらないです。なにしろ超魔覇天騎士団が戦ってるんですから」

俺がフォローの言葉を継ぐと、近くにいた年配の女性が笑った。

「そうですね、きっと騎士様たちがなんとかしてくれます」

その話を聞いていた周囲の人々も、少しだけ安心を取り戻したように見えた。

（やっぱり有名なんだなぁ）

俺はそんなことを思う。その名前を聞くだけで人が安心したり、または慄《おのの》いたりするような存在。それは、ディーヴィやレグルゥの言う「騎士の役割」の一部なんだろう。俺自身、その力をこの目で見たこともあるし、口先だけで言った言葉のつもりもない。

とはいえ——俺は先日の魔人卿《ダイモンロード》・カルドゥヌスのことも同時に思い出していた。あいつには確か、ディーヴィも結構苦戦してたんじゃなかったっけ——

「ねえミヤ、ディーヴィさんは大丈夫かな？」

近くに座っていたリネットが言った。

「心配はいらないと思うよ。あの人強いから」

俺は手のひらの真ん中についた傷跡を見た。実際、ディーヴィは強いと思う。三本の剣を宙に舞わせ、自在に操る念動力《キネティック》の魔力もだけど——

「……騎士の中には、ああいう人もいるんだね」

「え？　どういうこと？」

「もしかしたらただの天然ボケかもしれないけど」

戦いのことはよくわからないけど、騎士っていったらもっと、「これが正義だ！」みたいな思想に凝り固まってると思っていた。でも、どうもあの人は違うみたいだ。あるべき姿に悩みながら、いろいろな人の言葉を受け容《い》れながら。玉虫色の世界の中で、相手を否定せず、自分も諦めない。そんな強さを持った人だと思う。

「そういえば、ミヤ……超魔覇天騎士団に呼ばれてたんでしょ？」

「あ、そうだね」

すっかり忘れてた。リネットと会ってからずっと慌ただしくて、その話はしていなかった。

「騎士になるんじゃなかったの？」

「いや、そんなつもりは」

「……そうなんだ」

「なんで？」

「別に。ミヤがそう決めたならいいよ」

そう言ってリネットは笑った。

──と、その時、避難した人々の一角で騒ぎが起こっているのに俺は気が付いた。

「娘が……娘が！」

ひとりの女性が立ち上がり、おろおろと周囲を見回していた。

「私の娘を見ませんでしたか？　ねえ誰か！」

「あの人の娘、って……」

リネットがその様子を見てはっとした顔になる。

「ミヤ、あれだよ。昨日、仔猫《こねこ》を捜すって言ってた……」

「あ……」

あの子か。それじゃまさか、外へ出て――

「捜しに行かなきゃ……！」

宿の外へ出ようとした女性を、他の人たちが引き留める。

「おい奥さん、外に出るのは危ないよ！」

「そうだぜ、大結界はないんだ。いつ魔獣が入って来るか……」

「だけど！」

女性はほとんど泣き叫ぶ勢いでうろたえていた。周りの人たちも、どこまで引き留めたらいいものかわからないといった様子だ。

「ミヤ……？」

俺が立ち上がったのを、リネットが見上げていた。

「俺がいくよ。奥さんはここにいて」

その場にいた人たちが一斉にこちらを見る。

「おいおい、大丈夫なのかい？」

女将さんが言う声に振り向いて、俺は笑ってみせた。

「心配しないで、女将さん。俺だったら大丈夫だから」

俺は上着を掴《つか》んで袖を通し、裏口へ向かう。

「ミヤ、気を付けてね」

リネットの言葉に俺は振り向いた。

「力を持ってる人は出来ることをやるべき、らしいよ」

それに答えて笑ったリネットの顔は、あんまり俺を心配している風じゃなかった。


——と、俺にしては珍しく勇んで行動に出たのはいいとして。

「……帝都の街って広いんだな」

俺はあちこち走り回って既に途方に暮れ出していた。街区の路地はかなり入り組んでいて、なにも考えずに入るとすぐ行き止まりになったりするのだ。

一応、例の女の子——シンディっていうらしい——の住んでいた場所と、仔猫がいつもいたという井戸らしいところには辿《たど》り着いた。だけど、土地勘のない俺がそこから猫と女の子を捜し出すっていうのは予想以上に大変だ。

「シンディ、アル！　出ておいでー」

俺は大声で呼びかけながら周辺の街路を歩き回る。こんな時、魔法が使えたりしたらもっと簡単なのかもしれない——そう、あの超魔覇天騎士団のワイスみたいな力があれば、こんなとき役に立ちそうなんだけど。

「まいったな……早く見つけないとさすがに……」

このまま何事もなく戦いが終わったとしても、小さな女の子が見つからないままというのはまずい。帝都の中にだって悪いヤツはいるのだ。例えばこの前の泥棒みたいに。

――なんて、言ってる間にほら。

「……おい！　早くしろ！」

「待ってくれアニキ、これ重くて……」

「欲張るからだ！　ほらこっち！」

人の家から現れる、明らかな空き巣。まったく、こういう人たちは本当にどうしようもない。しかしこれ、どうしようか――

「こらぁーっ！　貴様らなにをしておるかぁ！」

不意に、暑苦しい怒声が路地裏に響いた。

「やべっ⁉　見つかった⁉」

「ど、どうしようアニキ！」

「いいから逃げろ！　それも捨ててけ！」

「ええっ⁉　もったいない！」

「バカ！　早くしろ！」

泥棒たちは慌てて路地の奥へと逃げ出す。

「待たんか！　ええい、忌々《いまいま》しい泥棒どもめ！」

そこへ現れたのは、眉毛から口調から、なにからなにまで暑苦しい雰囲気の——

「……あの時の衛兵さん？」

「……ん？　ああ、これは！」

それはこの前、泥棒騒ぎで俺を捕まえた暑苦しい衛兵さんその人だった。

「先日の騎士どのでしたか！　不手際《ふてぎわ》をお見せしてしまいました」

「え、違う違う、俺は騎士じゃないです」

衛兵さんはこれまた暑苦しい仕草で俺に敬礼をする。俺は慌ててそれをやめてもらうように言った。

「……騎士どのはどうしてここに？」

「だから騎士じゃないって……えっと、女の子を捜してるんです。あと猫」

俺はシンディとアルのことを手短に説明する。と、衛兵さんの暑苦しい顔の眉間に、さらに辛気臭く皺《しわ》が寄った。

「……それはまずい。早く捜し出さねば」

「さっきの泥棒はいいんですか？」

「どちらもすぐに捜さねばなりませんな！　なにしろ……」

俺はそこで、ふと疑問が浮かぶのを感じる。そういえば、衛兵さんはなんでここに？

城壁の外で戦いになっていて、衛兵もその戦力や後方支援で駆り出されているんじゃなかっただろうか。それが街中にいるというのは――

「ぎゃああああ！」

――路地の奥から悲鳴が響いた。

「……いかん！　だから言わんこっちゃない！」

衛兵さんが駆け出すのに、俺はついていく。狭い路地のその先に、先ほど逃げた二人組の泥棒、そしてその向こう側に立つ、巨大な影――

「……冬狼獣魔《ウィンターウルフ》!?」

それも特大のやつだ。でもなぜ魔獣が街の中に――？

「空から魔獣が入り込んでおるのです！　騎士団もすべては防ぎきれないようで……！」

見上げると、翼を持った魔獣が何体か、帝都の空を舞っているのが見えた。

「結界の外に出た住民を避難させ、その命を守るのが我ら衛兵隊の務め！」

そう言って衛兵さんは手にした槍《やり》を身構える。

「ひえええええやめやめやめやめやめ！」

「死ぬ死ぬ死ぬ死ぬ死にたくないぃぃぃぃ！」

二人組の泥棒は腰を抜かして喚《わめ》いていた。そこへ、冬狼獣魔《ウィンターウルフ》が前脚を振り上げる——

「……ああもう、世話の焼ける！」

俺は手を振り上げ、目の前の空間に「無」を作り出した。収縮した空間に引き付けられ、二人組がこちらへ飛んでくる。


——ドガァッ！


「うわぁぁ⁉」

魔獣が石畳を砕くのと、衛兵さんが二人組を受け止めるのが同時だった。

「ひえええええ捕まったぁぁぁ⁉」

「言ってる場合じゃないでしょ！　早く逃げて！」

相手が冬狼獣魔《ウィンターウルフ》なのがいかにもまずい。冷気の息吹《ブレス》なんかこの狭い路地で吐かれたら、俺はともかくこの三人は——


——グオオオォ！

冬狼獣魔《ウィンターウルフ》が吼《ほ》えた。そしてその口の中に、白い光が収束する――

「……まずい！」

二人組はバランスを崩して地面に倒れている。衛兵さんは槍を構えて魔獣をけん制しているが、これじゃ――！

――シャアアアアッ！

冬狼獣魔《ウィンターウルフ》の開いた口に、冷気の塊が渦巻いた。つむじ風が巻き起こり、そして解放された冷気の光線《ビーム》が、放たれ――

――ヴァッツ‼

その時、今にも冷気の息吹《フロストブレス》を放とうとしていた冬狼獣魔《ウィンターウルフ》が、突然身体《からだ》を捻《ねじ》らせた。そのまま錐揉《きりも》み状に吹き飛び、まるで濡《ぬ》れた布巾を絞るみたいに巨大な身体がねじ切れる。

なんだ――⁉

俺は一瞬、なにが起こったのかわからなかった。冬狼獣魔《ウィンターウルフ》は一瞬で絶命し、もはやぴくりとも動かない。それは斬撃《ざんげき》や魔法などとも違う、あまりにも異常な斃《たお》れ方だった。

「早く行きなよ、新米」

斃れた冬狼獣魔《ウィンターウルフ》の向こう側から、何者かが姿を現した。

「あなたは、たしか……」

それは、肩まである波打った黒髪を揺らす、背の高い男だった。

＊　＊　＊

帝都の東側は、大きな湖の広がる場所だ。だから、ここに展開する部隊は、騎乗用の翼竜《ワイバーン》に乗った騎竜兵《ドラゴンライダー》などが多くを占めていた。

なにしろ、相手も魔獣である。当然、翼を持った魔獣も多くいる。だからこその布陣ではあったし、こちら側に魔獣の群れが現れなくとも、すぐに他の救援へと駆けつけることができるはずだった。だが――

「ぐあああああ！」

悲鳴をあげながら、騎竜兵《ドラゴンライダー》が一騎、墜落する。

「怯《ひる》むな！　必ずここで抑えろ！」

騎士団長・アクィナスが声を上げていた。この方面は防衛部隊の最精鋭部隊であり、アクィナス自らが指揮を執っていたのだ。

歩兵が魔導槍《ランサー》を構え、破壊魔法を放つ。騎竜兵《ドラゴンライダー》は騎乗から魔法や弓を放つ。だが――


――グオオオッ！


「ぎあぁぁっ！」

牛頭飛魔獣《マラクス》が吼え、放った炎に、騎竜兵《ドラゴンライダー》が巻き込まれて落ちた。

「お、おのれぇ！」

自らも翼竜《ワイバーン》に騎乗したアクィナスが、手にした魔導槍《ランサー》を振るった。その先端から青白いエネルギーが放たれ、牛頭飛魔獣《マラクス》を貫く。

「気合だ！　気合を入れんかぁぁ！　我らは精鋭部隊であるのだぞ！」

アクィナスは檄《げき》を飛ばし、翼竜《ワイバーン》で空を駆けた。

竜騎兵《ドラゴンライダー》たちはそれぞれに奮闘をするが、数で勝る魔獣を相手に縦横に飛び回るうちにじりじりと数を減らしていく。地上からそれを支援する歩兵たちの攻撃も、空を飛びまわる魔獣たちにはなかなか命中しない。そもそも、三次元の戦いで完全に侵入を阻《はば》むのは困難だ。竜騎兵《ドラゴンライダー》の討ち漏らした魔獣たちが、すでに帝都の上空へと侵入している。

「おのれぇえ！　させるかぁ！」

アクィナスが翼竜《ワイバーン》の首を回《めぐ》らせ、街に侵入した魔獣たちの後を追おうとする——と、その後ろから巨大な影が飛来した。


——どがぁっ！


「ぬおおおっ⁉」

獅子《しし》の身体に老人のような顔、巨大な革の翼にサソリの尻尾を備えた魔獣——空を駆ける人面獅子獣魔《マンティコア》に突き飛ばされ、アクィナスの乗った翼竜《ワイバーン》は落下していった。

「ギッヒヒヒ！」

帝都の上空へと至った空飛ぶ魔獣たちの背には、小鬼魔人《ゴブリン》がしがみついていた。

小鬼魔人《ゴブリン》たちはその背に背負った丸い球を取り出し、それぞれ地に投げつける。ひと抱えほどの大きさのその球は、帝都の街中に落下し——

——ヴドムッ！

それが大地に到達した途端、鈍い炸裂音《さくれつ》と共に紫色の光が球から弾《はじ》けた。そしてその光の中から、冬狼獣魔《ウィンターウルフ》や牛頭魔人《ミノタウロス》といった地上の魔獣が現れる。

「ギィヤッハッハァア！」

翼ある魔獣の背に乗った小鬼魔人《ゴブリン》たちは、球を投下したあと、自らも街へと降りようとした。その目は、目の前にある破壊の快楽を貪ろうとする期待感で既に恍惚《こうこつ》としていた。

——ザゥシュッ！

瞬間、なにかの影が通り過ぎる。そしてその影が去ったあと、翼蛇獣魔《コウアトル》の身体は真っ二つに両断されていた。

「……ア……？」

なにが起こったかわからないまま、小鬼魔人《ゴブリン》は地上へと落下していく。しかし——

——ツバシュウッ！

その落下する身体を、銀色に光る剣が貫いた。その剣が舞い戻るその先で、三枚の輝く翼が大きく広がる。

「……はぁぁぁぁっ！」

気合の叫びと共に、光の翼の主、ディーヴィが機動剣《リープソード》を放った。空を舞う三本の刃《やいば》は、翼ある魔物たちと、その背に乗った魔物たちを貫き、斬り裂き、叩《たた》き落としていく。

「てりゃあぁぁーっ！」

身体を捻って機動剣《リープソード》を周囲に旋回させ、ディーヴィは空を一気に駆け抜ける。螺旋《らせん》状の斬撃がうねるように帝都の上空を貫き、魔物たちは肉片と化して大地へ降っていった。

「ふう……まさかこんなに早く突破されるなんて……」

城壁内の制空権を取り戻したあと、ディーヴィは地上へ目をやった。先ほど、空から侵入した魔物たちが、路地に、広場に、建物に——そこかしこに蠢《うごめ》いているのが見えた。

「使い捨ての簡易転移門《ゲート》……してやられたか……」

東西南北の全方向から魔獣の群れを送り込む——それだけでも敵がかなり力を入れていることはわかった。だが、それだけではない。そのうちの一方に狙いを定め、防ぎにくい空から魔獣を送り込む。明らかに計算された戦術——

「あなたたちの中にも、頭の切れるやつがいるみたいね……カルドゥヌス？」

ディーヴィが向き直った先に、それはいた。

「……多数を以《もっ》て少数を圧倒する、意識の虚を衝《つ》き兵を送り込む……どれも人間たちから学んだものですよ、麗しの騎士様？」

腕を組んだまま空に浮かぶ、黒ずくめの男——作りものの顔面を鍔広帽《つばびろ》の奥に光らせ、魔人卿《ダイモンロード》・カルドゥヌスは空の中に立っていた。

カルドゥヌスは帽子の鍔に手をやりながら言う。

「なにより……せっかく死にかけてまで摑《つか》んだチャンスだ。最高に気持ちよくならなかったらもったいないですからねぇ……ヒヒヒ……」

ディーヴィは嫌悪《けんお》感が口から溢《あふ》れそうになるのを抑えた。こいつら魔人卿《ダイモンロード》は、人間を殺し、文明を破壊することを最大の快感とする——三大欲求のうち、性欲の代わりに破壊の快感が据えられているらしい。

「……そんなこと、させない」

ディーヴィはカルドゥヌスに向き直り、機動剣《リープソード》を構えた。

「いい加減、あなたの顔も見飽きた。私が今日、この場であなたに引導を渡す！」

「……よいのですか？　我などにかまけていても」

カルドゥヌスが地上の様子を示し、言った。魔獣たちは無人の街の中で暴れ回り、既に火の手が上がっている。

「あなたが守るべきはあの街なのでは？」

「……残念ながら、今日はそうじゃないの」

ディーヴィはちらりと街に目をやった。

「あちらにはちゃんと適任者が行ってるから……私よりも強い人がね」

その時、帝都の建物から上がった炎が急に捻くれるように渦を巻いた。一街区の全体に広がった炎が、巨大なひとつの渦となって巻き上がり、竜巻と共に消え去った。

＊＊＊

ゲイハルは地上に立ち、路地裏を歩いていた。狭い空は紅《あか》く燃え上がり、魔獣の咆哮《ほうこう》と騒音とが建物の壁を伝い、聞こえて来る。

「……誰もいない帝都を独り占め、なんてな」

そう嘯《うそぶ》くゲイハルの背後はしかし、紅い炎の輝きも、熱波も、咆哮や騒音もなく、ただ平穏が支配していた。

炎の上がる建物に、ゲイハルの歩みが近づく。

――ゴッ

瞬間、建物の屋根を覆っていた炎が渦を巻き、捻じ切れるようにして掻《か》き消えた。

「建物に被害を出さない力加減……ってのが難しいところだね」

ゲイハルはそう呟《つぶや》きながら、火の手の上がる方へと歩いていく。その行く先々で、炎が渦を巻き、消えていく。


――ガアアァァァァッ！


ゆったりと歩くゲイハルの前に、空から魔獣が降り立った。先ほど、騎士団長のアクィナスを弾き飛ばした魔獣――人面獅子獣魔《マンティコア》である。

「くっ……！」

その先に倒れている男――騎士団長のアクィナスが身体《からだ》を起こした。

「これ以上帝都を破壊はさせんぞ……！」
アクィナスは剣を地につき、必死に立ち上がろうとしていた。しかし、その身体は血に塗《まみ》れてボロボロだ。目の前の魔獣に立ち向かえそうにない――
「……おいデカブツ、お前の相手は俺がするよ」
ゲイハルは人面獅子獣魔《マンティコア》にそう声をかけ、両手をぶらぶらとさせたままそちらへと足を向けた。

――ゴアアアアッ！

人面獅子獣魔《マンティコア》はゲイハルの方を振り向き、咆哮した。頭を下げて尾を振り上げる。

――ドシュッッ！

人面獅子獣魔《マンティコア》のサソリのような尾の先は、無数の鋭い棘《とげ》に覆われているが――その棘が一斉に尾から射出された。太槍《たいそう》の如《ごと》き棘の散弾が、ゲイハルの眼前に迫り――

――ヴォンッ！

次の瞬間、高速で迫る棘はその向きを変え、ゲイハルの周囲をくるくると旋回しながら散って落ちた。

「……いい子だ」

ゲイハルは片手をあげ、それを人面獅子獣魔《マンティコア》の前へとかざす。

「……ガッ⁉」

人面獅子獣魔《マンティコア》が苦悶《くもん》の声をあげた。

――メキッ、メキメキッ

歪《いびつ》に軋《きし》む音を立てながら、人面獅子獣魔《マンティコア》の脚が、首が、腰が――あらぬ方向へと捻《ねじ》れていく。

「……ゲアアァオォッ！」

上顎と下顎が捻れ、もはや悲鳴にもならぬ叫びをあげながら、魔獣の身体が異様な形へと曲がり――

――ブヂィイッ！


遂《つい》にその身体は、粘土が千切れるようにして2つに引き裂かれた。

人面獅子獣魔《マンティコア》の上半身と下半身が逆方向へと捻曲がり、千切れるまでの間、ゲイハルはまったく速度を緩めることなく、ただゆったりと、歩き続けていた。

超魔覇天騎士団・ナンバー8・「渦動破壊者《ボルテック・ブラスター》」のゲイハル
魔力属性：物理（特）
魔力級数《レベル》：45321

その魔力はディーヴィと同じ、念動力《キネティック》の一種――ただし、その力の方向性は常に「渦」を巻く。自在にはならないまでも、その渦巻く念動力《キネティック》の威力そのものは世界最強であり、強靱《きょうじん》な魔獣の肉体であれ、鋼の塊であれ、彼にとってはそれこそ粘土を千切るに等しい。

「……立てるか？」

ゲイハルはアクィナスに声をかけた。

「……お前たちの手など借りぬ」

「それは結構だ。あんたにもまだ働いてもらわないと困るからな」

「当たり前だ。これしきの傷で我が誇りは折れはせぬ」

アクィナスはなんとかその身体を立たせ、再び翼竜《ワイバーン》に跨《また》がる。

「……ここは頼んだぞ、超魔騎士よ」

アクィナスを乗せた翼竜《ワイバーン》は飛び上がり、戦場へと戻って行った。

「……さて」

ゲイハルは周囲を見回す。それは、上空から投下された魔獣たちのいる中央付近。炎を吐く魔獣が暴れていたことで、ひとつの街区一帯が炎に包まれていた。

すっ——とゲイハルは片手を頭上に上げる。と、その足元から巨大な渦が生まれ、周囲に広がっていく。

ゲイハルを中心として生まれるそれは、周囲の空気と空間そのものを巻き込んで稼働《かどう》する巨大な念動の竜巻。その力と爆風とに煽《あお》られ、建物についた炎は次々と掻き消えていく。

「そりゃっ」

ゲイハルが短く発した気合と共に、街区を丸ごと包む大きな竜巻が一瞬にして炎を掻き消した。建物は無傷のままだ。

「……あとは魔獣の掃除、か。気楽な散歩だ」

そう言ってゲイハルは、頭上を舞っていた魔獣に向かい、手をかざした。

＊＊＊

「……なるほど、さすがは人類の守護者、超魔覇天騎士団様ということか」

火の消えた街を見下ろし、カルドゥヌスが呟いた。ディーヴィはそれに答えるように、ゆっくりと機動剣《リープソード》を旋回させる。

「騎士とは民を守る盾、騎士とは困難を打ち砕く剣。そして……騎士団はそれぞれが役割を果たすことで、ひとつの大きな力となる」

「……興味深い」

「今日の私の役割……それはあなたを倒すこと、ただそれだけ。そのためになにを犠牲にしようとも、あとは仲間がなんとかしてくれる」

雲の合間から、太陽が顔を出した。その光を受けて機動剣《リープソード》が輝きを放つ。

「勝負よカルドゥヌス！　あとのことはどうでもいい……私はあなたをここで倒す！」

「ヒァッハッハッハッハァ！」

カルドゥヌスが紳士的な仮面を捨て、けたたましく笑った。

VIII

「いいなぁ！　いいなぁおい！　麗しの騎士さんよぉぉ！　最高だなぁぁ！」

カルドゥヌスは笑いながら、その両の手に炎を纏《まと》う。

「いいぜぇぇ！　一緒に楽しもうじゃねぇかぁぁぁ！」

「うおおおお！」

三枚の翼を広げた銀色の光と、紅く光る炎の煌《きら》めきが、空中で交錯した。

＊＊＊

「シンディーーッ！　アルーーッ！」

俺たちは呼びかけながら街路を走り回る。暑苦しい顔の衛兵さんも、あとさっきの泥棒たちも、成り行きで一緒にシンディを捜していた。

俺はふと、空を見上げる。ついさっきまで天を赤く染めていた炎はもう消えたみたいだ。

先ほど出会った超魔騎士――ゲイハルがやってくれたんだろう。帝都に入り込んだ魔獣たちも、あの人がいるならきっと大丈夫だ。

「街中は俺の担当だ。あんたはあんたの担当をちゃんとやってくれ……こいつはなかなか骨が折れる戦いだ。それぞれが自分の役割を全うしなくっちゃな」

ゲイハルはそんなことを言って俺を送り出した。そうだ、俺の役割。俺がやるべきこと。

「とは言っても……」

俺は焦《あせ》っていた。相手は小さな女の子と仔猫《こねこ》。どこかに隠れていたら見つけようもない。

衛兵さんの持つ魔力測定機でも、見つけられる範囲は限られているらしい。

「このまま路地を闇雲に走り回っても、見つけるのは難しいですな……」

「……もう魔獣にとって喰《く》われてるんじゃ……」

「あ、アニキ！　滅多なこと言わんでくだせぇ！　女の子が魔獣に喰われるなんて、そんな残酷なことはねぇぜ……！」

衛兵と泥棒たちが騒ぐ横で、俺は頭を抱える。なにか、方法を考えなきゃ——こうなったら時間との闘いだ。魔獣よりも早く、シンディと仔猫のアルを見つけて、宿屋に連れ帰る。俺は路地裏から覗《のぞ》く空を見上げた。

「上から捜すとかできればいいけど……」

「騎士どのは浮遊《フライト》魔法は使えないので？」

「残念ながら。あと騎士じゃないです」

どちらへ向かうべきなのか——俺は路地の先を見た。

——リイン

と、俺の目の奥に鈴の音が鳴った。

「……あれ?」

どこかで見たイメージが頭の中を通り過ぎる。これは——暗所に差し込む光、そして青空に浮かぶ、船——?

「……騎士どの?」

「……あっちへ」

鈴の音と共に、浮かんだイメージ。それと同じ状況が目の前に現れていた。と、いうことは——俺はそのイメージに誘われるようにして、路地の先へと向かった。角を曲がり、そのまま数ブロック先へと、駆ける。

——と、そこへ突然、なにかの影が差した。空から路地裏に差し込む光が、何者かに遮られている? もしかして——

「……あれは……!」

頭上を見上げた俺は思わず声をあげた。

7. 羊飼いの少年、戦場に立つ

「戦況は？」

セヴィーラからの問いかけに、ワイスは両の目を開く。

「手札はこちらが上、あとはその切り方と残りの枚数……といったところかの」

「なんとしても街を守り切らねばなりません」

セヴィーラは両の手を組み、目を閉じた。

「それができずして、なんのための超魔覇天騎士団でしょう」

「……今のところはギリギリ無事、といったところじゃな」

建物についた火はゲイハルの渦によって素早く消火されたため、大きな被害はない。ただ、魔獣と戦う騎士団の人員には負傷者がかなり出ているようだ。

「……だが、形勢は傾いてきたようじゃ」

城壁を抜けて入り込んだ魔獣はゲイハルが迎撃している。東の門の騎士団も、騎士団長アクィナスの復帰で勢いを取り戻した。南と西はレグルゥとウドウの独壇場。あとは——

「ディーヴィ……あなたが負けるはずありません」

セヴィーラが目を開き、確信に満ちた表情で言った。

「それは疑いようもあるまい」

ワイスの第三の目には、銀色の光と紅の炎とが空中で幾度も交錯し、ぶつかりあう様が浮かんでいた。

＊　＊　＊

光の翼を羽ばたかせ、私の身体《からだ》が鋭角に飛び回る。黒ずくめの魔人が放つ火球の炸裂《さくれつ》は、私の残像を追いかけて虚空《こくう》を焼く。

「はあああぁぁぁっ！」

「ぬううぅうん！」

私の放った機動剣《リープソード》の一撃が、カルドゥヌスの放った炎の矢と空中でぶつかり合う。


――ガシイイイン！

鈍い音を立て、銀と紅の刃《やいば》がお互いに弾《はじ》かれる――うそ、貫けない!?　私は機動剣《リープソード》を手元に引き戻しながら、残りの二本を放った。

「むぅぅっ！」

カルドゥヌスがその手を横に薙《な》ぐ――と、その指先から炎が剣のように伸びる。


――ガァン！


二本の機動剣《リーブソード》はその炎に薙ぎ払われ、カルドゥヌスに届かなかった。

「……我が闇の炎は『質量』を持つ傲火《ごうか》。もともと時空相転移魔法《フェーズシフト》なんか使うまでもねぇ。あんたの剣は俺に通じねぇんだよぉぉ」

カルドゥヌスがその白い顔を歪《ゆが》め、言った。

「それに比べ、あんたの方はどうだぁぁ？　もうボロボロじゃねぇかぁぁ!?　ヒヒヤハハハハハ！」

――確かに、あの炎の直撃を避けても、熱波と衝撃はかわしきれていない。肌のあちこちに火傷《やけど》を負っているのを私は自覚していた。ああもう、また痕が残ったらやだな。回復術師《ヒーラー》に頼んだら顔は念入りに治してもらえるかな――

「その綺麗《きれい》な肌を焼き尽くして！　黒焦げにして！　ついでにぐしゃぐしゃに叩《たた》き潰して

やったら！　さぞかし気持ちいいだろうなぁぁ！」

私はため息をついた。やっぱりこいつ最悪。お皿を洗ったあとの水が鼻の穴から入ったらいいのに。

「……これ以上、あなたには付き合いきれないし、気持ちよくさせてやる義理もない」

私は機動剣《リープソード》を手元に引き寄せ、魔力を込めた。

「あなたの炎が質量を持っているんだかなんだか知らないけど……要は貫いてしまえばいいのでしょう？　この三本の剣、神器『ディジリトゥス』でね」

神器・機動剣《リープソード》「ディジリトゥス」。念動力《キネティック》を受けてその力を増幅し、鋭さを増す――私がその力を全開《フル》に使えば、その速度は音速を容易《たやす》く超える。

私の魔力は強い。念動力《キネティック》の威力はゲイハルに劣るけれど、その精密さと速度は世界最高なんだ。料理の皿をいくつも同時に、零さず運べるくらいに。だけど――単純な強さで言ったら、超魔覇天騎士団の中では弱い方だ。その超魔覇天騎士団も、この世界の人すべてを救えるわけじゃない。

私はリネットの顔を思い浮かべた。今頃は「一角熊のねぐら亭」へ避難した人々に、あの笑顔を分け与えているに違いない。それは、私にはできないこと――きっと、あの子の方が私よりも多くの人の役に立っている。

だけど──いや──

「……だから私は、お前を倒す。それが私の役割だから」

「やってみるがいいさぁぁぁ！」

カルドゥヌスが両腕を広げると、その全身が炎に巻かれ燃え上がった。それはさながら、炎の鎧《よろい》──！

「……それがどうしたぁ！」

私は身体を捻《ひね》り、「ディジリトゥス」を周囲に旋回させながら、一直線に翔《と》んだ。

超魔覇天騎士団・ナンバー12・「三重輝翼《トリスメギストス》」のディーヴィ
魔力属性：物理・光・風
魔力級数《レベル》：34256

それがこの私──それがこの力！

「舐《な》めるなぁぁ！」

カルドゥヌスは両の手を前に振る。

「連弾紅炎爆砕拳《プロミネンス・ブレイクダウン》！」

その全身から無数の火球が放たれた。火球は弧を描いて私へと襲い掛かり――

「……螺旋光輪剣《スパイラル・エクリプス》！」

私は身体を素早く回転させる。その周囲を回る機動剣《リープソード》が速度を増し、私を守る刃の渦となる！

――ドドドドドッ！

刃の渦が火球を悉《ことごと》く撃墜しながらカルドゥヌスへと向かう！

「ぬうぅん！」

カルドゥヌスは手の先から炎の剣を伸ばし、私に向かってそれを振る。

「……甘く見ないでよね！」

瞬間、私は身体を捻り――

――タンッ

「……なっ⁉」

その次の瞬間、私はその炎の剣を足で蹴り、宙に舞った。質量があるなら、踏み台にすることだってできる――！

「『ディジリトゥス』‼　お願い！」

頭を下にした体勢でカルドゥヌスの頭上を取る。絶好の間合い！

「……円環光輪剣《リング・エクリプス》！」

高速で旋回した機動剣《リープソード》が、白熱するプラズマの円輪を描き出す。触れるもの全てを斬り裂き、そして焼き尽くす、それは致命の日輪！

――ズゴゴォッ！

白い光輪の辺縁が、カルドゥヌスに触れ――そこで止まった。質量を持った炎の鎧を砕きはしたが、その下にあったカルドゥヌスの肌を貫くには至らない――！

「無駄だって言ってんだろうがぁぁぁぁ！」

カルドゥヌスが絶叫した。やはり時空相転移魔法《フェーズシフト》――身体を別の次元へと拡張し、物理的衝撃を無効化する高等魔術。

「終わりだ、女騎士ぃぃ！」

カルドゥヌスが炎の剣を、振り上げる——その瞬間、私は落下した。

「なっ……⁉」

不意の動きで炎の剣をかわされて、カルドゥヌスが驚きの声をあげる。

「力を抜いて、一番楽なやり方がうまくいくこともある……だっけ、ミヤ君……」

浮遊魔法《フライト》をやめ、脱力。身体を自由落下に任せつつ、全魔力を「ディジリトゥス」へ。

そして脱力から、瞬間的に力を爆発させる——！

「……『裏《ソール》』！」

弾かれた「ディジリトゥス」が逆回転した。より、速く。より、力強く。それは一瞬にして音速を超え、行き違う刃の間に高熱のプラズマを発生させる——

——ズバッシャァァ！

光の輪が、カルドゥヌスの身体を両断した。

「……な……⁉」

カルドゥヌスはその作りものの表情を驚かせる間さえもなく、力を失って落下した。

「こん……な……まさか……⁉」

真っ二つになったカルドゥヌスと共に、私も落ちていく。

――あの一瞬、炎の剣を蹴って跳んだことで、一瞬だけ、浮遊魔法《フライト》が必要なくなった。その分の魔力と、脱力から一気に放った「裏《ツール》」の爆発力で、時空相転移魔法《フェーズシフト》ごとぶった切る。そう、これが私にできること――

「……見事、だぜ……ぇ、騎士様よぉ……」

帝都へと落ちながら、カルドゥヌスが言った。

「あんた、イイなぁ……やっぱイイぜ……」

「……うるさい、黙って死ね」

私は嫌悪《けんお》感を覚えながら、カルドゥヌスを見返す。カルドゥヌスは笑った。

「……へ、へへ……まだだ……ぜ……」

「……え？」

「……手札は、もう一枚……我らの、勝ちだ……ッ！」

カルドゥヌスの身体が紫色に光り――そしてその光が膨れ上がった。

「な、なに……!?」

――カッ！

帝都の上空に、紫色の巨大な球が輝いた。

＊＊＊

「……お疲れさま、カルドゥヌス。ま、けっこうイイ思いできたんじゃないかな？」

帝都から遠く離れた上空に、老人の首を抱えた少女が立っていた。

「お腹《なか》に穴開けられて、瀕死《ひんし》になって……ほんと助かっちゃった。これであの街を丸ごとぶっ潰せるね」

少女が言うと、その手に抱えた老人の頭がにゃぁ、と笑う。

「簡易型の転移門《ゲート》は魔力不足が課題だったが……カルドゥヌスの魔力をすべて使えば、相当にデカいものが呼べる、というわけだな」

「お腹に埋め込んでおいたら、カルドゥヌス自体が転移門《ゲート》になるってわけ」

老人の首が、呪文を唱え始めた。それを両手に抱える少女は笑う。

「とっておき、使っちゃうよ……帝都がめちゃくちゃになってる間に、《聖杯》はボクたちのものさ……」

帝都の上空に浮かぶ巨大な紫色の光が、次第に人の形へと変わっていった。

「なんだ、あれは……！」

その時、魔獣を押し返そうと戦っていた者たちがみな、一瞬呆気《あっけ》に取られてそれを見上げていた。紫に光る転移門《ゲート》の中から、帝都の中に突如、現れたもの——高さ40メートルにも及ぼうかという、それは巨大な人型の城。

「魔躁鬼城《パンデモニウム》……だと……？」

ワイスが唸《うな》った。その巨人の姿はもはや、第三の目で見るまでもない。帝都の城近くを飛ぶ飛空牙城《がじょう》からも、その姿ははっきりと見えている。

「ワイス、あれは……!?」

「偉大なる遺産《グレート・レガシー》のひとつ、魔躁鬼城《パンデモニウム》……見ての通りの『動く城』よ」

ワイスのその顔は普段の飄々《ひょうひょう》とした表情を失っている。

「『紅の世紀』以前の世に生み出されたという破壊の権化《ごんげ》。一説には、古代文明があれを創り、神に立ち向かおうとしたことで怒りを買い、魔王が地上にもたらされたとさえ言われる、禁断の超兵器よ……」

ワイスは唇を噛《か》んだ。

「魔人卿《ダイモンロード》め……なんちゅう手札を隠しておったんじゃ……！」

「……そんな……！」

セヴィーラは飛空牙城の窓から、帝都の様子を見た。

「なんと……」

レグルゥが南からそれを見上げた。魔獣の群れはあらかた蹂躙《じゅうりん》し尽くしはしたが、地平からは第二陣が迫っているのが見えている。

「……くっ……まさかあんなものが……」

ウドウが西からそれを見上げた。こちらも次々と迫る魔獣を斬りまくっている最中だ。

北から、東から、騎士団がそれを見上げていた。

「終わりだ……帝都は……」

兵のひとりが膝をついた。その身体《からだ》は畏怖に打ち震え、その目は正気を失いかけていた。

「『紅の世紀』が……また訪れるんだ……世界は滅びるんだ……」

「おい！　やめろ……！」

指揮官がその兵士の胸倉を摑《つか》もうとする。が、その拳には力が入っていなかった。東西南北から皆が見上げていたそれは、絶望が人の形をとったもののように見えたのだ。

「ミヤ……！」

「一角熊のねぐら亭」ではリネットが両手を合わせて祈っていた。

＊＊＊

崩れ落ちた。

私は落下した民家の屋根の上で、その身体を起こそうとして――そしてそのまま、また
「あ、ぐっ……！」

「あ、あれ……？」

足に力が入らない――どうやら折れているみたいだ。それに、脇腹からもひどく出血している。あのとき、目の前で転移門《ゲート》の光が弾《はじ》け、吹き飛ばされて――浮遊魔法《フライト》を使う暇もなく、ここに叩《たた》きつけられた。足だけで済んだのは幸いだったかもしれない。

――だけど――

私は目の前にそびえるものを見上げた。それは巨大な――頭の先が見えないほどに巨大な、鋼の巨人。

『……任務、リョウカイ』

巨人が声を発した。磨き上げられたその表面が太陽の光を受けて輝き、その手足がゆっくりと、動く――

――ズズゥゥン

巨人が一歩、足を踏み出すと、足元にあった建物が砕けて倒壊する。

「街が……ッ！」

絶対に被害を出さないというセヴィーラ様の決意が、こんなところで――私は唇を噛んだ。口の中に血の味がする。

――いや、まだだ。

これ以上被害を広げないようにする――壊れたところは造りなおせばいい。そして街に住む人たちが、また安心して暮らせれば、それでいい。絶対にこれ以上はやらせない。そのために私たち超魔騎士はここにいるんだから――

「……あ、れ……？」

――その時、私は自分の目を疑った。巨人の足元に、なにか小さなものがいる――

「……女の子……!?」

それは、仔猫《こねこ》をその胸に抱きかかえた、小さな女の子――倒壊する街の中で立ちすくみ、巨人を見上げ震えている。

――助けなきゃ――！

私は身体を起こそうとする。しかし――

「……動いて……動いてよっ！」

私の身体は私の言うことを聞かなかった。ならば浮遊魔法《フライト》で――しかし、私の身体は持ち上がらない。首を回して背中を見ても、そこに光の翼はない。

――どうして――どうしてこんな時に――ッ！

こんな時に動けなくて、なにが騎士だ。なにが超魔覇天騎士団のナンバー12だ。私は必死に身体に力を込めた――

『殲滅《せんめつ》ヲ開始スル』

鋼の巨人が、その紅《あか》い目を光らせた。

＊　＊　＊

「……街が……」

セヴィーラは唇を噛んだ。絶対に守ると決めたのに。そのための力を、自分は授かったのに。魔躁鬼城《バンデモニウム》の足元で倒壊した家が、悲鳴をあげているような気がした。

どこで間違えた――どうすればよかった？　もっと他にやり方があったのか――？

「……悔やんでも始まらぬぞ、セヴィーラ」

その声にはっとして、セヴィーラは顔をあげる。ワイスが真剣な目を向けていた。

「……ご決断を。もはや全てを守ることはできぬ」

「……！」

ワイスの言わんとしていることを、セヴィーラは理解した。そうだ——悔やんでいる場合ではない。今、やるべきなのは、ここからの被害を最小限に止《とど》めること——

（力を、使うべき時……）

セヴィーラは拳を握りしめ、顔をあげた。

「この城の……『郭態《シルエット》』を解放します」

静かに告げたセヴィーラの声に、側に控えていたメイドの少女が、そして年配のメイドが、驚いた表情を浮かべる。

「……まさか、次元砲《フェーズバスター》を⁉」

「急いで！」

「か、かしこまりました！　次元砲《フェーズバスター》、スタンバイ！」

「あら大変、すぐに準備しなくっちゃ！」

次の瞬間には覚悟を決めた表情となったメイドたちが、それぞれに駆け出して、てきぱきと働き出した。

「飛空牙城、強行変形《トランスフォーメーション》！」

若いメイドが制御卓《コンソール》に取りつき、パネルを操作しながら発声する。

飛空牙城は空を飛ぶ岩の島の上に、城が建てられたような構造になっている。その、上に突き出た城の一部が、音を立てて沈み込んだ。さらに島の下部が左右に割れ、そこからなにかの構造物が現れる。飛空艇の二〜三艘《そう》ほどはあろうかという巨大な砲塔が伸び、折りたたまれたそれが伸びて一直線に狙いを定める。

「殲滅郭態《バスター・シルエット》、展開完了！　次元砲《フェーズバスター》、標的《ターゲット》ロック！」

「魔力充塡《じゅうてん》開始！」

メイドたちがてきぱきとそれぞれの持ち場で操作を進めていく。

「ワイス、照準を」

「はっ……」

ワイスが手をかざすと、円卓の中央に映像が浮かぶ。飛空牙城から見た帝都の街、その中央には魔躁鬼城《パンデモニウム》が立つ。

セヴィーラは傍《かたわ》らの引き出しを開けた。中に入っているのは、刃のない剣のような器具――人差し指の位置に小さな引き金《トリガー》のついた、次元砲《フェーズバスター》の最終発射用の魔導機。

「……わたくしだけが、引くことのできる引き金《トリガー》……」

セヴィーラはそれを見てそう呟《つぶや》き――意を決してそれを握った。円卓の中央に浮かんだ映像へと、それを向ける。

「魔力充填率、80％！」

年配のメイドが叫ぶ声が聞こえた。

セヴィーラは目の前に広がる帝都の街を見る。そこに映る建物はただの建造物ではない。人が暮らし、笑い、泣き――その歴史が刻まれた、それは帝国の記憶そのものだ。それを、今、自分がこの指で消し去ろうとしている。

――なんの犠牲も払わずに、理想を実現することが可能であると？

頭の中で誰かが問いかけた。

――夢を見るのはいいが、それを現実にしたければ犠牲を払え。

――生まれつきのお嬢様にはわからないかもしれないな。

誰かが立て続けに問いを発する。

「……可能な限り、わたくしは求め続ける。甘い理想論だけど……でも」

セヴィーラは引き金《トリガー》に指をかけた。今は――あの巨人を倒さなくては――

「魔力充填率、95％！」

「発射カウントを開始します！　15、14……」

引き金《トリガー》にかけた指に、力を込める――

『だめぇーっ！』

――不意に、別の声が響き渡った。超魔騎士たちの魔導篭手《ガントレット》と繋《つな》がる通信端末から、声。

『発射しちゃだめ……だめよセヴィーラ！』

セヴィーラははっとした。自分のことをそう呼ぶ声は――

「……ディーヴィ、無事でよかった。だけど今は、あの巨人を倒さなくては……」

『違う、違うの！　足元に子どもが！』

「……え？」

それを聞いたワイスがすかさず、円卓の映像を切り替える。魔躁鬼城《パンデモニウム》の足元を拡大――

と、そこには仔猫を抱き、立ちすくむ少女の姿。

「……発射中止！　中止して！」

「は、はい！」

セヴィーラが叫び、メイドが応えてパネルを操作する。飛空牙城《がじょう》の下部で、砲塔に収束し火花を散らしていた光が、急速に弱まって、消えた。

「ディーヴィ！　あの子を助けて！　早く！」

セヴィーラが叫ぶ。と、通信機の向こうから息も絶え絶えな声がする。

『……だ、め……飛べない……足が、折れて……』

「そんな……！」

『どうしてこんな時に……動いてよ……私の身体《からだ》……ッ！』

ディーヴィの悲痛なうめき声が、一瞬静まり返った円卓の間に響いた。

「……ゲイハルは⁉」

「帝都の反対側じゃ……」

セヴィーラの問いかけに、ワイスが低い声で答える。

「そんな……誰か……」

セヴィーラがよろよろと円卓の映像に歩み寄り、呟くように口に出す。

「誰か……あの子を助けて！」

映像の中では、鋼の巨人がまた一歩、足を踏み出していた。その足元で建物が崩れる。

「誰か、早く……だれかぁぁーッ！」

胸の奥からあふれ出た叫びが、帝都の空へと吸い込まれていった——

『俺が行くよ』

通信機の向こうから、誰かの声がした。

――え？

セヴィーラは顔をあげ、その声の主を探した。

『俺が行く。あとは任せて』

戦場に響く声としては、あまりに呑気《のんき》で、そして穏やかなその声。

「……ミヤ」

セヴィーラは円卓の中央に浮かぶ映像を見た。

魔躁鬼城《パンデモニウム》の顔の近くに、小型の飛空艇が一艘、浮いていた。

＊　＊　＊

眼下に広がる帝都の街の、その上に立ちはだかる巨人の姿を、縄梯子《なわばしご》につかまったまま俺は見ていた。建物の上を飛ぶ飛空艇から見て、なお上の方にその頭がある。

「おい兄ちゃん！　それでどうするんだ⁉」

舳先《へさき》の方から老いた小柄な操縦士が声をかけてくる。

「親父《おやじ》さん、あいつの頭上へ！」

「合点だ！」

親父さん――飛空牙城から俺を帝都まで送ってくれた老操縦士は、逃げ遅れた避難民を助けるために船を出していたのだという。その中で俺たちのことを見つけ、縄梯子を降ろしてくれたっていうわけだ。その縄梯子を摑《つか》み、上空からシンディとアルを捜していた最中に、あの紫色の光が弾《はじ》けて巨人が姿を現した。

「……くそっ、もう少し早くあの子を見つけてれば！」

縄梯子の上の方で、暑苦しい顔の衛兵さんが悔しがる声が聞こえた。

あの巨人が現れたことで、シンディは見つかった。仔猫《こねこ》を抱えた女の子が、巨人の足元近くを逃げ惑っているのが見えたのだ。

「大丈夫、充分間に合うよ」

どうやら今、あの子を助けられるのは俺しかいないらしい。飛空艇が上昇し、巨人の顔が目の前を通り過ぎた。その紅い目が俺を見る。

「親父さん、俺があいつの相手をするから、その間にあの女の子を拾って……それからすぐここを離れて！」

「お、おう！」

そして俺の眼下に、巨人の頭が差し掛かった。

「行きます！」

「おう！　一発派手にぶちかまして来いやぁ！」

親指を立てる親父さんに、俺はVサインを返す。

「騎士どの！　ご武運を！」

「……そっちもね、衛兵さん」

「はっ！」

暑苦しい顔の衛兵さんにもVサインを返し、俺は縄梯子から手を離した――

「うおおおおっ⁉」

一気に、空中へと身を躍らす。俺の身体は巨人の右肩へと、まっすぐに落下していった。

まさに巨人は、その右腕をシンディの方へと伸ばしているところだ。

俺は右の拳を固めた。上空から落下する勢いを、そのまま――

「せーっ……のっ！」

巨人の右肩が目前に迫る。俺はそこに向かい、右拳を突き出す！

――ドキャァッ！

俺の拳が、巨人の肩を吹き飛ばした。鋼で出来た巨人の身体が、大きくへこんで砕け、歪《いびっ》にゆがむ！

落下の衝撃が拳を伝い、巨人に突き刺さるその瞬間、俺はその拳にかかる反作用を「ゼロ」にする。それによって衝撃力はこちらに跳ね返ることなく、100％相手に伝わる。

カルドゥヌスと初めに会ったとき、その身体を砕いた俺のちょっとした「技」だ。今回は俺の細腕なんかじゃなく、落下の勢いがそのまま伝わったのだから——鋼だろうと灰輝銀《ミスリル》だろうと、これで砕けないわけがない！

俺は巨人の肩にめり込むようにして突き刺さり、そしてそこからバウンドするようにして地面へと落ち——

「あ、あれ？」

しまった、思ったよりも高い。俺は空中でバランスを崩して、そのまま——

——ドシャァッ！

着地失敗。石畳を砕きながら、俺は無様に落下した。

「あいてて……やっぱディーヴィさんみたいにはいかないなぁ……」

落下の衝撃はゼロにしたのでダメージはないけど、変な風に落ちるとそれなりに痛い。

「お兄……ちゃん？」

か細い声が聞こえて、俺は声をあげた。目の前に、シンディの小さな身体がある。

「……アル、見つかったんだね」

こくこくとシンディが頷《うなず》き、腕の中にいる仔猫をぎゅっと抱き締めた。状況がわかっているのかいないのか、仔猫は大人しくシンディに抱かれている。俺は笑顔を返し、立ち上がって鋼の巨人へと向き直った。

『……敵性存在ヲ確認』

右肩が抉《えぐ》れ、腕がぶらぶらと不自然に垂れ下がった巨人がこちらを見る。

「……早く逃げて」

俺はシンディに向かって言った。ちょうど、その後ろの方に縄梯子が降ろされ、衛兵さんと泥棒たちが降りてきていた。

「ほら、早く。あの人たちのところへ」

俺が促すと、シンディは俺の顔をじっと見た。

「お兄ちゃん……お兄ちゃんって、ひょっとして騎士様だったの？」

「……ん、そうだね」

　俺はシンディの頭の上に手を置いた。

「その通りだよ、シンディ。お姫様を守って、悪いやつをぶっ倒す。それが俺……超魔騎士、ミヤ・キネフィだ」

　シンディの表情がぱぁぁっと明るくなった。

　鋼の巨人——魔躁鬼城《パンデモニウム》っていうらしい——は、大きく身体を歪《ゆが》ませながら、目を紅く光らせて声を発する。

『……敵兵ヲ排除スル』

「……シンディ、早く行って！」

　シンディは頷き、駆け出した——と、二、三歩先でこちらを振り返る。

「騎士のお兄ちゃん、ありがとう！」

　俺はシンディに親指を立ててみせた。シンディは満面の笑みで応え、走り去っていった。

「俺は俺の美学に従い、出来ることをやれ、だっけか……」

　鋼の巨人へと向き直る。

「俺に出来ることっていったら……お前をぶっ倒すことくらいかな！」

　俺は指先を、その敵に突きつけて——

「虚空指弾《ヴォイドフィンガー》！」

　――ぱぁぁん！

　指先から放たれた真空の弾丸が、魔躁鬼城《パンデモニウム》の顔のあたりに炸裂《さくれつ》する！

『ナ、ニ……？』

　魔躁鬼城《パンデモニウム》が戸惑いの声をあげた。その衝撃に上体をのけぞらせ、一歩後ろに下がる。

「……もう一発！」

　俺は逆の腕を振り、巨人の顔へとさらに虚空指弾《ヴォイドフィンガー》を放つ。

『ヌゥウン⁉』

　真空弾の連打を受けた魔躁鬼城《パンデモニウム》が、衝撃に煽《あお》られてふらふらと後ずさった。

『ミヤ！』

　首に提げたペンダントから声がした。

「セヴィーラさん、女の子は無事です」

『はい……はい、ありがとう……』

　複雑な意匠の施された黒いペンダント・トップから聞こえるセヴィーラの声は、少し涙ぐんでいるようだった。

俺は足を踏みかえ、相手を見上げる。

――ギギギギギ――

魔躁鬼城《パンデモニウム》は妙な音をあげてその巨体を立て直していた。

俺は通信機の向こうのセヴィーラへと向かい、語り掛ける。

「なんでもかんでも背負おうとして、人の命も建物も、あと他の大事なものも……ぜんぶ諦めずに守ろうなんて、見かけによらず欲張りなんですね」

『そうかしら……?』

通信機の向こうで、セヴィーラが目を細めたのがわかった。

『……きっとわたくしは贅沢《ぜいたく》なのね、生まれつき力を持っているから』

「本当に、これだから貴族のお姫様は」

『ふふ』

――ズゥン！

魔躁鬼城《パンデモニウム》が一歩、足を踏み出した。

『危険ダ……貴様ハ、危険ダ！　排除スル。排除スル！』

その頭部の真ん中で、紅い光が怒っているかのように明滅していた。

「……セヴィーラさん」

俺は通信機の向こうに向かって言った。

「力を持ってしまった人の気持ち……責任とか、美学とか、それを使ってどう生きるかとか、正直、俺はよくわからないです」

『………』

「俺は、俺の力で誰かが傷ついたりするのが怖いです。それがいいことか、悪いことか、俺にはわからないから。力を持った人の責任だなんて、傲慢だって思います」

『……わかります。わたくしだって、いつも迷ってばかりよ』

「そうなんですね」

『ええ、そうよ』

俺たちはお互いに笑った。まるですぐ隣にいるみたいに。

魔躁鬼城《パンデモニウム》は拳を振り上げた。それは上空50メートルくらいの高さから、唸《うな》りをあげ、落ちる――

「……んッ！」

――ズズゥン！

俺は右腕を頭上にあげ、それを受け止めた。自分にかかる衝撃力を、「ゼロ」にする

――衝撃の余波で、周囲の地面が砕けた。

「うおりゃぁぁっ！」

俺は受け止めた右腕の重さもついでに「ゼロ」にしつつ、それを撥《は》ね上げる！

『ヌオオオオン⁉』

一瞬、無重力となった巨人の鋼の左腕が、ふわっと舞い上がり、そして俺の「ゼロ」から解き放たれたとき、その腕は振り子のように魔躁鬼城《パンデモニウム》の身体《からだ》を振りまわした。勢いに煽られて魔躁鬼城《パンデモニウム》がふらふらと後ずさる。

「すげぇ……！　あんなのを押し返してる⁉」

「一体何者なんだ、あのガキ⁉」

離れたところで、シンディを保護していた泥棒たちが騒いでいた。その隣で暑苦しい顔の衛兵さんが答える。

「決まってらぁな！　あの御方は名のある超魔騎士様よ！」

「えええっ⁉　そうなのか⁉」

「ナンバーはいくつだ⁉」

　そんな騒ぎの中、ペンダントからまた別の声がした。

『……ミヤ君……！』

　それは、息も絶え絶えな女騎士の声――

「ディーヴィさん、ちょっと休んでて。俺……」

　俺は少し息を吸い、そして言う。

「セヴィーラさんやディーヴィさんがやることなら、俺、力を貸すよ。あなたたちの想《おも》いを叶《かな》えるために、俺の力を使ってほしい……超魔覇天騎士団の一員として」

　魔躁鬼城《パンデモニウム》がその目を紅《あか》く光らせた。

『許サンンンン！　排除スルゥゥゥゥゥ！』

　雄叫《おたけ》びが鳴り響き、その紅い目の下に口が開く――

『危ない！』

　ディーヴィの声が聞こえたのと、その口から紅い光線《ビーム》が奔《はし》ったのは同時だった。

——じゅどぉっ！

極太の光線《ビーム》が空を斬り裂き、俺に突き刺さる。周囲の石畳が、一瞬で蒸発した。

『ミヤ……超魔覇天騎士団はあなたを歓迎します』

——魔力による攻撃は、俺に届かない。溶けた石と蒸発した水分で出来た霧の中に、セヴィーラの声が聞こえた。

『超魔騎士としてのあなたに、名を授けましょう。その力、この世界の理《ことわり》の外にあって、正《プラス》と負《マイナス》の調停者なり』

俺はその霧の中から、敵を見上げる。魔躁鬼城《パンデモニウム》が再び雄叫びをあげるのが見えた。

セヴィーラの声がまた、響く。

『……あなたのナンバーは0《ゼロ》！　それは世の常識にも、世界の理にさえも縛られない規格外の騎士！　超魔覇天騎士団のナンバーゼロ・『無能力者《イレギュラー》』のミヤ・キネフィ！』

魔躁鬼城《パンデモニウム》が紅い目を激しく明滅させ、怒りの音をあげる。

『ヌガァァァァア、小僧ガァァァア！　排除スルゥウウウウウ！』

俺は一瞬、腰をかがめ、そして——

「虚空転移《ヴォイドステップ》！」

レグルゥから学んだ技——慣性質量をゼロにすることで短距離を瞬間移動！　そして舞い上がった先で、もう一歩——！

ヴァヴァッ！

次の瞬間、俺は魔躁鬼城《パンデモニウム》の肩の上にいた。目下には、ひしゃげて歪んだ敵の肩。俺は腕を振り上げ、それを横に振り抜く！

「……虚空斬刃《ヴォイドエッジ》！」

——ズッシャアア！

「無」の力をぶつける虚空指弾《ヴォイドフィンガー》を、線にして相手を切断する——これもレグルゥとの戦いにヒントを得た技だ。「無」そのものを刃《やいば》として飛ばす——すなわち、相手がどれだけ硬くても関係はない！

——ドガァン！

ひしゃげて歪《ゆが》んだ右腕に、さらに斬撃《ざんげき》を受け、ついに魔躁鬼城《パンデモニウム》の腕が落ちた。俺は再び、虚空転移《ヴォイドステップ》で地上へと戻る。

『何故《なぜ》ダァァァァ⁉　何故貴様ハ砕ケヌノダァァァ⁉』

痛みを感じているのかどうか、魔躁鬼城《パンデモニウム》は唸り声をあげ、身をよじらせた。

『被害甚大《じんだい》イ、甚大ィィィ！　危険ダ、貴様ハ危険ダァァァ！』

腕を失ってバランスを崩したのか、魔躁鬼城《パンデモニウム》は踏鞴《たたら》を踏んで後ずさる。その巨体の下には、街の建物が——

「……ぶっ倒しちゃったらだめなんだよな」

セヴィーラさんは被害を最低限にして勝つことを目的にしていたんだ。もう既に破壊されてしまった建物はあるけど——それでも、これ以上の破壊はさせないようにしたい。あの巨体が横倒しにでもなったら大変なことになる。

「……むんっ！」

俺は右手を魔躁鬼城《パンデモニウム》に向けて突き出した。

「むむむむ……」

「ゼロ」の力を、相手の中に作り出す。

――メキッ、バキッ――

鈍い音がして、魔躁鬼城《バンデモニウム》の身体がひしゃげ始めた。

『ヌ、ヌガァァァ!?』

巨人が悲鳴ともつかない声をあげる。俺はその「力」を放ち続ける。「虚無」を弾丸として放ったり、刃として斬り裂くのではなく――相手の身体の中央に存在させ続ける。

「うむむむむ！」

『ヌギ、ァァァアア!?』

――メキャ、ギギギ――

要は泥棒を捕まえたときと同じ要領だ――空間の中に虚無を作り出せば、そこに向かって周囲の空間が集束する。

『……話には聞いたことがある。古《いにしえ》に存在した、禁断の大魔術のひとつ』

ペンダントから聞こえて来たそれは、超魔覇天騎士団の子ども爺《じじい》――ワイスのものだ。

『あらゆるものを呑《の》み込み、どんな巨大なものでもその中に圧《お》し潰してしまうという、世界に開いた超重力の穴……その名を、次元魔法・暗黒超重崩壊弾《ブラックホール・ダスト》……！』

これがそのなんとかいう大魔法なのかどうか、俺にはわからない。だけど——

「ぬありゃああぁぁ！」

魔躁鬼城《パンデモニウム》の胴体が、空間の一点に呑み込まれるようにして潰れ、腕が、足が、音を立ててその中に喰《く》われていく。街に被害を出さず、こいつを倒すには、これしかない！

『ヌガァアァァアァァ‼』

「……だぁっ！」

——バツン！

魔躁鬼城《パンデモニウム》の身体は完全に一点へと圧し潰され、人ひとりほどの丸い残骸《スクラップ》と化した。

「……ふう」

俺が技を解くと、それが落下する。

『ミヤ！　それを落とすでない！』

「えっ⁉」

慌てて俺は、落ちて来たそれを受け止める。あ、そうか——これって、あの魔躁鬼城《パンデモニウム》一体を圧縮したやつだから——

——ズムッ！

俺は慌てて、その重さをゼロにしながら残骸を受け止める。危ない——まともに受けたら圧し潰されてたし、地面に深い縦穴が出来るところだ。

『イ……イイイ……』

ひと抱えのボールになった魔躁鬼城《パンデモニウム》は、わずかにまだ唸《うな》り声をあげていた。

「えっと、これ、どうしよう？」

俺が言うと、ワイスの声が聞こえて来た。

『……遠くまで投げられるかの？』

「え……？　あ、ああ、うん……重力をゼロにした状態で、反作用ゼロも使えば、勢いがついてかなり飛ぶと思うけど……」

『ならば、ここへ投げよ』

——次の瞬間、ある空間の座標が俺の頭の中に流れ込んできた。空間上に浮かぶ一点が手に取るように把握できる。これも、ワイスの力のひとつ――？

「えっと、投げればいいんだね？」

俺はそれを振りかぶり、その座標へと、投げた――

＊　＊　＊

「信じられない……なんなの、アレ」

老人の首を持った少女が、東の空から帝都の様子を見詰めていた。両手の中で老人の首が歯ぎしりをする。

「……あのようなものは知らぬ。この世界のものではない」

「せっかくの仕込みが……《聖杯》を手に入れるどころか、あっという間にやられちゃうなんて……！　なんなの!?　なんなのあれ!?」

「お、落ち着け上の首！」

ぶんぶんと振り回されて下の首が慌てる。

「……大結界が再び張られるまでにはまだかかろう。今回、魔獣の大軍などでだいぶ次元力《リソース》を消費してしまったが……なに、すぐに機会は訪れようて」

そうだ、なんなら自分たちがあの都に入り込めばいい。そうすれば《聖杯》くらいは手に入れられよう。ついでにあの忌々《いまいま》しい皇帝とやらも消して――

「……ん？」

少女がなにかに気が付いた様子で目を凝らした。

「……どうした？」

「いや、なにか音が……」

――ギィイイン

「こっちに向かって……来る!?」

それはミヤが投げた、人ひとり分ほどの大きさの塊、魔躁鬼城《パンデモニウム》の残骸。無重力の中を飛んだそのままの勢いは、虚無のフィールドから解き放たれたあともなお、長い距離にわたってその速度を保ち――

――ゴォン！

魔躁鬼城《パンデモニウム》ひとつ分の重さの砲弾が、魔人・コルヴァリウスの小さな身体《からだ》に直撃した。

「う……そ……？　信じらんない……」

そう呟《つぶや》いて、コルヴァリウスは空の中へと落下していった――

＊　＊　＊

超魔覇天騎士団・ナンバー2のシャイ・リーンが言った。普段冷静なこの女騎士も、さすがに驚いた様子だ。

「魔躁鬼城《パンデモニウム》を……丸ごと圧し潰して、球に……？」

一夜明けて、帝都はまた元の賑《にぎ》わいを取り戻していた。幸い、市民の犠牲者はいなかったらしい。破壊された建物もさっそく復旧のための工事が始まり、先ほどから資材を積んだ荷車が走り回っている。

「なんていうか……驚きとか感心を通り越して、呆《あき》れかえってしまうな」

「まったくな」

そう言ってゲイハルが手にしたジョッキを傾ける。

「……魔力も物理も、傷つけることの出来ない存在。それだけならまだしも……破壊力もあれほどとはね」

「仲間に引き込んでよかった、というべきであろうか……」

シャイ・リーンは蒼《あお》い髪を左右に揺らし、ジョッキを空にした。「一角熊のねぐら亭」の外の通り沿いに並べられたテーブルの上には、彼女が飲み干した空のジョッキがいくつも並べられている。

「その上、その力は魔力級数《レベル》では測れない。強いとか弱いとかじゃないんだ。あいつの前では、全部がゼロになっちまうんだよ」

「この世界の常識では測れない存在……まさに規格外《イレギュラー》ということか」

「あんたが最初に負けてくれてよかったよ、レグルゥ」

その大きな身体を木の椅子に押し込めて、レグルゥはお茶を飲んでいた。なお、「一角熊のねぐら亭」にはお茶も陶器のカップも置いていないので、これはレグルゥの自前らしい。

「……次も負けるとは限らんのである」

レグルゥは背筋を伸ばしたまま、カップを指で摘まむようにして持ち、それを啜《すす》った。

そして、ほう、と息を吐き出して言葉を継ぐ。

「吾輩《わがはい》と戦うことで、ミヤ・キネフィは成長した……そして我らの力となり、帝都の危機を救った。ならば、我らもまた成長せねばならん」

「攻撃がほとんど通用しない相手だぞ？　どうやって勝つ？」

「……あたしには闇討ちくらいしか思いつかぬな」

シャイ・リーンは首を振った。魔法が主体の彼女にとっては天敵とさえ言える相手だ。

「……わからんが、いずれは勝つ」

ゲイハルは肩をすくめ、もうひとりに尋ねる。

「……あんたならどうするね？　ウドウ」

「……ん、む？」

ウドウが口を一杯にした状態で、もごもごと答えた。ウドウは慌てて、ジョッキの中のエールを飲む。

「……すまん。聞いていなかった……美味《うま》いな、これ」

そう言ってウドウは、手に持った香辛料入り薄焼き小麦《スパイス・ピアダ》にまたかぶりついた。

「まあいいや。とりあえず、魔躁鬼城《パンデモニウム》を倒したのはシャイ・リーンだってことになってるからな」

「それはよいけれど……なにゆえに？」

ゲイハルの問いに、シャイ・リーンが蒼い髪を揺らし、首を傾《かし》げる。

「あんまり目立ったりしたくないんだと」

「ふうん……」

そこへ、またジョッキが運ばれてきた。

「エール十杯に、香辛料入り薄焼き小麦《スパイス・ピアダ》が五皿、お待たせ……ねえ、まだ飲むんです？」

トレイに一杯となった料理と飲み物を運んできたミヤが、ゲイハルたちに向かって言う。

「我らが超魔覇天騎士団待望の新人だからな。働きっぷりを見ておかないと」

「ここの仕事、関係ないじゃないですか」

「そこはそれ。まあいいじゃないか」

「……俺は別にいいですけど」

運ばれてきたエールのジョッキを早速自分の前に並べながら、シャイ・リーンが言う。

「ミヤ、なぜ飛空牙城《がじょう》に住まぬのか？　仕事など別にしなくとも、超魔騎士には最高級の俸給《レーン》が用意されておろう」

「……俺は飽くまでも、非正規《イレギュラー》な騎士だと思ってるから」

ミヤは頭を掻《か》いた。

「皆さんの言う通り、俺は騎士として生まれたわけじゃないし……その世界の常識も持ちあわせてないですし。『皇帝の代理人』としてあらゆる法の束縛から解放される、なんて正直、怖いですよ」

「……まあ、あなたがそれでいいなら」

そう言ってシャイ・リーンは、早くもジョッキを一杯飲み干した。その傍《かたわ》らではウドウが早速、料理を一皿平らげている。ミヤは笑った。

「大丈夫ですよ！　皆さんが負けそうになったらちゃんと駆けつけますから」

「……お前ほんんと、そういうとこな」

「あれ、俺またなにか言いました？」

「いいよもう。あ、あとディーヴィの方よろしくな」

「はあ……」

ゲイハルに追いやられるようにして、ミヤは店の中へ戻っていった。

＊＊＊

「ミヤ！　わたしそろそろ行くね」

店の中に戻ったところで、荷物を背負ったリネットが声をかけてきた。

「あ、もう……？」

「うん、行商隊《キャラバン》の人たちが待ってるから」

「わかった」

俺は少し考えて、言葉を継ぐ。

「……村の人たちによろしく」

「ふふ、ミヤもそういうこと言えるようになったんだ。さすが騎士様だね」

「やめてよ、そういうの」

リネットはまた笑って、今度は女将《おかみ》さんに声をかける。すると女将さんになにやら、大量に土産を渡されていた。

俺はふう、とひと息ついた。なんとなく、店の中を見渡してみる。昨日まではなにしろ避難した人々だらけだったのだから、今日は片づけと掃除だけ。夜になったら店を開けるが、今の時間は外のテーブルだけでの営業だ。

ただ——ひとりだけ、カウンターで突っ伏している客がいた。それは白い肌に金髪の、鎧《よろい》を脱いだ女騎士——

「ディーヴィさんも、また！」

リネットが戻って来て、カウンターに突っ伏した女騎士に声をかける。

「今度アルジウラの村にも遊びに来てくださいね。美味《おい》しいものいっぱいありますから」

「美味しい……もの……？」

ディーヴィが顔をあげた。

「……うん、ありがとうリネットちゃん」

暗い目付きでそう言うディーヴィを心配そうに見てから、リネットは俺の方を向く。

「それじゃ、ミヤ。またお使いで来るけど」

「うん、気を付けて」

「ミヤも身体に気を付けてね。あとちゃんと食事もとって、洗濯物はちゃんと……」

長くなりそうだな、と思いながらそれを聞いていると、リネットは途中で口をつぐみ、俺の顔をまじまじと見た。

「な、なに？」

「ううん」

リネットは首を振り、言った。

「ミヤ、いい顔してるよ。きっとお母さんも喜んでると思う」

「え……？」

俺が手のひらで自分の顔に触れると、リネットはぱっと笑った。

「ミヤならきっと、強くてかっこよくて……そして優しい騎士様になれると思う」

「……がんばってみるよ」

俺はリネットに答えて左手首を見た。母親の形見の腕輪と、並べてつけたもうひとつの腕輪——白と黒の六天星を象《かたど》った紋章がそこに刻まれていた。

「それじゃあね！」

リネットは手を振りながら踵《きびす》を返し、宿を立ち去って行った。

「……ふう、まったく世話焼きなんだから」

その後ろ姿を見送って俺は呟き、店の中に顔を戻す。ディーヴィはまたカウンターに突っ伏してしまっていた。

「……ディーヴィさん、明るいうちから飲み過ぎじゃ……」

俺はカウンターに近づき、そう声をかけようとして気が付く。カウンターの上に置かれたジョッキの中身は、まったく減っていなかった。

「ねぇミヤ君、私って役立たずだね」

ディーヴィが顔をあげ、言った。

「魔人卿《ダイモンロード》を撃破したのはディーヴィさんでしょ？　充分な戦果じゃない」

「でもそのおかげであのでっかいのを呼び出しちゃった……破壊された街区はほとんど私の責任なのよ」

「セヴィーラさんやワイスも、それはディーヴィさんのせいじゃないって……」

俺はそう言葉をかけるが、ディーヴィさんはまた困ったような顔で笑った。

「もっと、強くならなくちゃね……」

ディーヴィは身体《からだ》を起こし、こちらを見た。

「ミヤ君は……自分の力が怖いんでしょ？」

俺が黙っていると、ディーヴィは俺の顔を覗《のぞ》き込んでまた言う。

「私は、力がないのが怖い……私たちの世界を力任せに蹂躙《じゅうりん》する魔人たちが、怖い。やつらに負けるのが怖い」

「…………」

「だからあなたの力は、とても心強いと思う。それは恐ろしい力かもしれないけれど……持ち主があなたでよかったって、そう思う」

「……だけど」

俺はディーヴィの隣に座った。

「この力のせいで、誰かが不幸になったりするかもしれない。それはやっぱり怖いよ」

俺はディーヴィの目を見た。深い光を湛《たた》えた目だ。俺は目を逸《そ》らし、また口を開く。

「俺の力は、いろんな人の努力を無にしてしまう……どんなに才能があっても、頑張っても、俺はそれをなかったことにしてしまう。やっぱりそれは怖い。世界の理屈を無視するんだから……」

「そんなことないよ！　ミヤ君の力はあの女の子を救ったじゃない！」

「今回はね。でも次もそうだとは限らない……」

「……それじゃ」

ディーヴィが俺の顔を覗き込む。

「もしミヤ君がその力の使い方を間違えたら……そのときは私が君を止める」

「え……？」

「ミヤ君だけじゃない、私たち超魔覇天騎士団の誰でも。誰かが道を間違えたら、ちゃんとそれを止める……もちろん私も」

ディーヴィの目は真剣だった。

「だって仲間でしょ？　私たち」

俺はディーヴィを見た。たぶん、口が開いていたと思う。

「……わかった」

俺は頷《うなず》き、窓の外を見た。そろそろ陽《ひ》が傾いて来たところだ。リネットが帰っていった方の山に、太陽が近づいて空が赤く色づきだしている。

超魔覇天騎士団・ナンバーゼロ——俺は自分の掌《てのひら》を開き、また握った。自分のこの力を、誰かのために役立てる。ディーヴィやセヴィーラの力になり、リネットや、シンディや、街のみんなを守る——

やれることはやってみよう、と俺は思った。俺の本当の力を封印している、この「ゼロ」の力からはどうせ逃げられないのだから。

＊　＊　＊

西の山から、帝都を見詰める者がいた。

「ミヤ……見事だったな」

それは、決戦前のあの日、ミヤに声をかけた男――襤褸《ぼろ》に身を包み、粗末な木の杖《つえ》に身体を預けて立つ男。

「今回は少しだけ力を貸したが……次からはそうはいかん。お前は超魔騎士となり、強き者たちの中に身を置かねばならん。それこそが、この世界を破滅から救う道」

目深《まぶか》に被《かぶ》ったフードの下に、男の目が見えた。そこにあったのは、穴――深く、深く深淵《しんえん》へと落ちていく、暗い、暗い穴だ。

「魔界へと堕《お》ちしこの身のために、呪われたお前の力……私が世界の理《ことわり》から外した力。だからこそ、運命《プログラム》に逆らうことができる力」

男はフードの奥にその目を隠し、踵を返す。

「……修羅の道を背負わせたこの父を許してくれ……息子よ」

男は呟《つぶや》くように言い、山の奥へと歩いて行った。夕陽の中にその姿が薄くなり——やがて、風のように消え去った。

男のいた後を照らしていた夕陽が、山の陰に隠れ、影が大地を染めていった。

あとがき

輝井永澄《てりいえいとう》です。

このペンネームで出すシリーズは二作目となりました。今作で初めて僕の作品をお読みになった方も、前作をお読みになっていただいた方も、まずはありがとうございます。

前作「空手《からて》バカ異世界《いせかい》」は異世界ものではありましたが、元々ラノベを意識して書いたものではなく、市場においては異色の作品となったようです。

新しい作品を書くにあたり、どんな物語を書いたら読者のみなさんが喜んでくれるのか、また、空手ラノベでデビューした自分が次に書くべきはなにか、随分と悩んで様々なアイデアを書き連ねたのですが、こういうものは意識するほどなかなかまとまらないものです。企画は今ひとつ、爆発力を得ることができませんでした。

そんな様々なアイデアのひとつとして考えたのが「超魔覇天騎士団《ちょうまはてんきしだん》」です。


剣の一振りで山を砕き、海を割る。呪文を唱えれば空が裂け、時間が逆行し、次元を超

えて雷鳴が弾《はじ》ける。魔王軍さえも恐れる最強の騎士たち――それが「超魔覇天騎士団」。

企画案に書いたこのワンフレーズにファンタジア文庫の編集さんが着目し、そこから広げて築き上げたものが今回の作品となりました。

考えていたアイデアの中には、サスペンス要素の強いものやベタな異世界モノ、さらにはラブコメまであったのですが、結局、前作と同様、最強主人公が無双する作品です。やっぱりこういうのが性にあっているのでしょうか。

ただ、今回は前作であまり出さなかった、派手な魔法や物理を超越した能力を持ったキャラがたくさん登場して大暴れします。この巻のクライマックスでのバトルは書いていてとても楽しかったですし、敵も味方も「濃い」キャラたちが活《い》き活きと活躍してくれる様子を僕自身、もっと見てみたいと思っています。

これを書いている2021年初頭現在、世間はコロナ禍《か》の緊急事態宣言の中にあります。外に出て騒ぐわけにもいかないような状況が続きますが、その代わりに大暴れしてくれるミヤと超魔騎士の面々の活躍を、一緒に愛《め》でていただければ幸いです。

輝井永澄

富士見ファンタジア文庫

世界最強騎士団《せかいさいきょうきしだん》の切《き》り札《ふだ》は俺《おれ》らしい

無敵集団《むてきしゅうだん》の中《なか》で無能力者《むのうりょくしゃ》の俺《おれ》が無双《むそう》無敗《むはい》な理由《ワケ》

令和3年3月20日　初版発行

著者——輝井永澄《てりいえいとう》

発行者——青柳昌行

発　行——株式会社KADOKAWA
〒102-8177
東京都千代田区富士見2-13-3
0570-002-301（ナビダイヤル）

印刷所——株式会社暁印刷

製本所——株式会社ビルディング・ブックセンター

本書の無断複製（コピー、スキャン、デジタル化等）並びに無断複製物の譲渡および配信は、著作権法上での例外を除き禁じられています。また、本書を代行業者等の第三者に依頼して複製する行為は、たとえ個人や家庭内での利用であっても一切認められておりません。

※定価はカバーに表示してあります。
●お問い合わせ
https://www.kadokawa.co.jp/（「お問い合わせ」へお進みください）
※内容によっては、お答えできない場合があります。
※サポートは日本国内のみとさせていただきます。
※Japanese text only

ISBN978-4-04-074023-2　C0193

©Eito Terry, bun150 2021
Printed in Japan

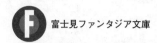

天上優夜《てんじょうゆうや》
異世界で
レベルアップした結果、
最強の身体能力を
手に入れた少年
この少年
すべてが
シリーズ好評発売中！

チートすぎる

I got a cheat ability in a different world, and became extraordinary even in the real world.

異世界でチート能力《スキル》を手にした俺は、現実世界をも無双する

～レベルアップは人生を変えた～

著：美紅
イラスト：桑島黎音

幼い頃から酷い虐めを受けてきた少年が開いたのは『異世界への扉』だった！ 初めて異世界を訪れた者として、チート級の能力を手にした彼は、レベルアップを重ね……最強の身体能力を持った完全無欠な少年へと生まれ変わった！ 彼は、2つの世界を行き来できる扉を通して、現実世界にも旋風を巻き起こし――!? 異世界×現実世界。レベルアップした少年は2つの世界を無双する！

ファンタジア文庫

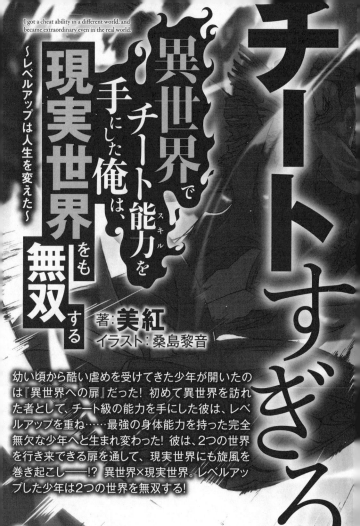

その男、
アード
元・最強の《魔王》さま。その強さ故に孤独となってしまった。只の村人に転生し、友だちを求めることになるのだが……？
ジニー
いじめられっ子のサキュバス。救世主のように助けてくれたアードのことを慕い、彼のハーレムを作ると宣言して!?
イリーナ
正義感あふれるエルフの少女（ちょっと負けず嫌い）。友達一号のアードを、いつも子犬のように追いかけている
神話に名を刻む史上最強の大魔王、ヴァルヴァトス。
王としての人生をやり尽くした彼は、平凡な人生に憧れ、
数千年後、村人・アードへと転生するのだが……
魔法の力が劣化した現代では、手加減しても、アードは規格外極まる存在で!?　噂は広まり、嫁にしてほしいと言い寄ってくる女、次代の王へと担ぎ上げようとする王族、果ては命を狙う元配下が学園に押し掛けてくるのだが、
そんな連中を一蹴し、大魔王は己の道を邁進する……！

ファンタジア文庫
すべてを蹂躙《じゅうりん》する。
史上最強の大魔王、村人Aに転生する
The Greatest Maou Is Reborned To Get Friends
下等妙人
イラスト／水野早桜
シリーズ好評発売中!

切り拓け！キミだけの王道
ファンタジア大賞
原稿募集中！
賞金
《大賞》300万円
《金賞》50万円
《銀賞》30万円
選考委員
細音啓「キミと僕の最後の戦場、あるいは世界が始まる聖戦」
橘公司「デート・ア・ライブ」
羊太郎「ロクでなし魔術講師と禁忌教典《アカシックレコード》」
ファンタジア文庫編集長
前期締切 8月末日
後期締切 2月末日
公式サイトはこちら！ https://www.fantasiataisho.com/
イラスト／つなこ、猫鍋蒼、三嶋くろね